MARIJKE SCHERMER
UNWETTER

ROMAN

Aus dem Niederländischen
von Hanni Ehlers

K
A
M
P
A

Die niederländische Originalausgabe erschien 2016 unter dem Titel
Noodweer bei Uitgeverij Van Oorschot, Amsterdam.

KAMPA TV
Videoporträt von Marijke Schermer auf
www.kampaverlag.ch/kampa-tv

KAMPA POCKET
DIE ERSTE KLIMANEUTRALE TASCHENBUCHREIHE
Gedruckt auf säurefreiem und chlorfrei gebleichtem
Papier aus verantwortungsvollen Quellen, zertifiziert
durch das Forest Stewardship Council. Der Umschlag
enthält kein Plastik. Kampa Pockets werden klima-
neutral gedruckt, kampaverlag.ch/nachhaltig informiert
über das unterstützte CO_2-Kompensationsprojekt.

Veröffentlicht im Juli 2020 als Kampa Pocket
Copyright © 2016 by Marijke Schermer
Nederlands letterenfonds dutch foundation for literature   Der Kampa Verlag dankt dem
Nederlands Letterenfonds
für die Übersetzungsförderung.
Für die deutschsprachige Ausgabe
Copyright © 2019 by Kampa Verlag AG, Zürich
Covergestaltung und Satz: Herr K | Jan Kermes, Leipzig
Covermotiv: © Chiara Ghigliazza
Gesetzt aus der Stempel Garamond LT / 200120
Druck und Bindung: GGP Media GmbH, Pößneck
Auch als E-Book erhältlich
ISBN 978 3 311 15007 7

www.kampaverlag.ch

Nehmen wir dein Auto?«
»Wir sind viel zu spät dran.«

Ihr Mann kommt aus der Küche, im schicken Anzug. Er ist groß und hager und hat ein ausgesprochen schönes Gesicht. Der Topf in seinen Händen und das Geschirrtuch über seiner Schulter zeugen von ganzem Einsatz. Er stellt den Topf auf den Tisch und wirft das Tuch Richtung Büfett, das er um ein Haar verfehlt. Leo lacht mit hohem, klarem Stimmchen. Alicia, das Nachbarsmädchen, das zum Aufpassen da ist, bindet Osip ein Lätzchen um. Sie hat sich in ein paar Wochen vom androgynen Kind zur Jahrmarktsattraktion gewandelt. Wangen und Lippen sind rot angemalt, und sie trägt idiotische Klamotten, die viel zu viel Haut frei lassen. Sie küssen die Kinder zum Abschied, und Emilia muss sich beherrschen, um nicht auch Alicia über den Kopf zu streichen.

»Du fährst. Wir schaffen es.«

Sie prescht die Auffahrt hoch und biegt auf die Straße. Der erste Streckenabschnitt führt über den Deich, durch das wellige Flussdelta, auf einer schmalen Landstraße zwischen Pappeln entlang. Die untergehende Sommersonne hat nicht mehr viel Kraft, und es bläst ein tüchtiger Wind. Auf den Wiesen zu ihrer Rechten stehen Schafe. Wenig später, auf der Autobahn, kann sie richtig schnell fahren, das macht sie gerne. Sie reden nicht viel. Durch das Fenster weht eine Erinnerung an lange Fahrten in den Süden herein, die nackten Beine aus dem Fenster, singend. Kurz vor Amsterdam entspinnt sich eine kleine Diskussion darüber, wie sie am besten zum Leidseplein kommen.

»Wahrscheinlich hast du recht«, sagt sie und fährt so, wie sie es für am besten hält. Sie spekuliert auf einen Parkplatz nah am Theater und hat Glück. Das Lösen eines Parkscheins würde genau die Zeit kosten, die sie nicht mehr haben, beschließen sie. Sie rennen quer über den Platz und werden fast von einem Radfahrer erwischt. Bruch ruft, beim nächsten Mal sollten sie sich ein Hotelzimmer nehmen; für einen Moment kommt der Wunsch in ihnen auf, sie könnten sich vom Stadtleben aufsaugen lassen, statt später, garantiert wieder gehetzt, in die Stille zurückkehren zu müssen.

Sie rennen ins Schauspielhaus, die Treppe zum Rang hinauf. Sie sind die letzten, bevor rundum die Türen geschlossen werden. Er knüllt ihre Mäntel unter seinen Sitz und zwickt sie kurz in die Seite.

Nach dem Applaus, beim Verlassen des Saals, verlieren sie sich aus den Augen. Emilia sucht eine Weile. Bruch wartet weder an der Tür noch oben an der Treppe auf sie. Sie irrt durch die Gänge, schaut auf ihr Handy. Keine Mitteilung. Vermutlich hat Bruch Vincent getroffen, den Regisseur der Aufführung, der ein alter Freund von ihm ist. Im Foyer bestellt sie sich ein Bier. Die Schauspielerin, die die Blanche spielte, hat die ganze biedere Inszenierung gerettet. Jeden Satz von Tennessee Williams machte sie Wort für Wort zur Verkündigung. *Ich habe Gott ge-*

dankt dafür, dass Sie da waren, denn Sie schienen gütig zu sein – ein Spalt im Felsen der Welt, in dem ich mich verstecken konnte! Sie ließ die innere Verzweiflung hervorbrechen wie eine Woge, der kein Einhalt zu gebieten ist. Für Emilia ist irgendwo an diesem Abend ein Gefühl der Leere aufgeklafft, das sie mit tiefer Bedeutung assoziiert. Es hat sie melancholisch gemacht.

Sie geht auf den Ajax-Balkon hinaus. Er ist so leer und verlassen, dass sie sich fragt, ob es überhaupt gestattet ist, dass sie sich hier aufhält. Aufeinandergetürmte Getränkekisten stehen herum und zwei windschiefe Sonnenschirme. Es hat geregnet. Sie kramt in ihrer Tasche erfolglos nach Zigaretten. Gähnt. Und da packt sie plötzlich jemand von hinten, fasst ihre Schulter mit eisernem Griff. Eine große, warme, leicht nach Kreuzkümmel riechende Hand legt sich über ihr Gesicht und drückt ihr die Augen zu, zwei Finger liegen schräg über ihren Lippen, mit Fingerkuppen, deren Hornhaut spürbar ist. Ihr Rücken stößt an einen massigen Leib. Hinter ihren Augen explodiert etwas. Eine Stichflamme panischer Angst. Gleich darauf schwinden ihr alle Kräfte, ihr Körper wird formlos, und sie sinkt völlig schlapp, ohne den geringsten Fluchtreflex oder irgendeine Gegenwehr, auf die großen, harten, regennassen Betonplatten nieder.

»He, Emilia, was tust du denn?« Verzögert dringt die Stimme durch die rauschende Stille. Es ist Frank, der oft genug an ihrem Esstisch gesessen hat. Ein Spaßvogel, ohne Zweifel, und in der Tat mit diesem an Kreuzkümmel erinnernden Körpergeruch behaftet, wie sie sich nun erinnert, sie hätte ihn daran erkennen können.

»Machst du jetzt Spaß?«, ruft er von oben. Es vergehen

bestimmt zwanzig Sekunden, in denen die Nässe von den Fliesen in den Stoff ihrer Kleidung kriecht und in denen sie sich fragt, ob sie ihre Reaktion mit irgendeiner Bemerkung ungeschehen machen könnte. Dann erst findet Emilia Muskeln und Knochen wieder und richtet sich auf.

»Ich wollte dich nicht erschrecken.« Er stammelt noch weiter, dass er sie necken wollte, dass sie raten sollte, wer er ist, das kenne sie doch, oder? Mit seinen borstigen schwarzen Augenbrauen hat er etwas Verwildertes an sich. Er sagt, es sei ein spontaner Impuls gewesen, wie unpassend der war, sei ihm erst aufgegangen, als es schon zu spät gewesen sei. Sie nimmt eine Zigarette von ihm an, lässt sich Feuer geben, inhaliert. Sie rauchen und blicken auf den Platz hinunter, auf die Leute in Ausgehlaune, die zwischen den Straßenbahnen umherwuseln. Emilia fröstelt in ihrer dünnen Bluse.

»Ist ja gemeingefährlich«, sagt sie, »solche Impulse zu haben.«

Er beteuert erneut, dass es ihm leidtue.

Wenn du das noch einmal sagst, denkt Emilia, hau ich dir eine runter.

Im Spiegel sieht sie, wie blass sie ist. Sie stützt sich auf das Waschbecken. Aus ihrem Kehlkopf kriecht die Erinnerung an einen Sommerabend empor, eine Erinnerung, die sie mit Erfolg in einen fernen Winkel ihres Systems verbannt und in den Schlafmodus versetzt hatte. Die Tür hinter ihr öffnet sich und schnatternd kommen sie herein, junge Mädchen. Sie verzieht sich auf eine Toilette, schließt behutsam ab. Dann lässt sie ihre Tasche fallen, fasst sich an den Hals und ringt nach Luft. Anschließend drückt sie die Hände flach auf die kalten Wandkacheln. Sie atmet wieder, aber zu weit oben, zu schnell. Gleich muss sie sich übergeben. Sie setzt sich. Keine Angst, du stirbst nicht, der Atem selbst bringt dich in Atemnot, du bist in Sicherheit, im Heute. Auf der anderen Seite der Tür erörtern die Mädchen die Frage, ob sie noch auf eine Party gehen sollen oder nicht. Ihre Stimmen sind hell und melodiös. Während sie ihnen lauscht, bekommt sie ihren Atem allmählich unter Kontrolle. Sie klatscht sich wieder Blut in die Wangen. Erst als der Toilettenvorraum leer ist, verlässt sie ihre Kabine. Sie geht durch den halbrunden Flur mit den Schauspielerporträts zurück und die weich ausgelegte Treppe hinunter, wo sie auf halber Höhe an Frank vorbeikommt. Er unterhält sich mit jemandem und fasst dabei mit beiden Händen um seinen Schlips wie um eine Rettungsleine. Er zwinkert ihr zu, als teilten sie ein Geheimnis. Im Foyer unten legt jemand Musik auf. Tanzmusik, aber niemand tanzt. Sie holt sich noch ein Bier. Bruch kommt zu ihr und schiebt die Hand unter ihre Bluse auf ihren nackten Rücken.

»Hier bist du! Die ganze Zeit schon? Ich hab dich gesucht.«

»Hier bin ich, Bruch. Hier bin ich schon die ganze Zeit.«

»Lass uns gehen, bevor irgendwer anfängt, Brando zu imitieren.« Er reicht ihr den Mantel, sie leert ihr Glas. Sie gehen hinaus, es regnet wieder.

»An Marlon Brando scheiden sich die Geister«, sagt Bruch unter dem Vordach. »Es gibt Menschen, die ihm nicht widerstehen können, wenn er nach Stella ruft, und es gibt Menschen, die das sehr wohl können.« Sie biegen um die Ecke. Er bleibt vor einem Lokal stehen. Da haben sie früher schon einmal gesessen. Sie weiß noch, dass er damals ein grünes Oberhemd trug. Sie weiß noch, dass sie sich an dem Tag die Haare hatte schneiden lassen, denn sie fasste sich immerzu an den Kopf, um zu fühlen, wie kurz sie waren. Sie weiß noch, wie deutlich sie spürte, dass sie ihn liebte. Sie weiß noch, dass sie ein Glas Wein trank, bevor sie den Schwangerschaftstest, auf den sie kurz davor gepinkelt hatte, unter der Serviette hervorholte. Und dass Bruch weinen musste. Vor Rührung. Da war sie drauf und dran gewesen, ihm alles zu erzählen.

Das Lokal hat sich verändert, wenn sie auch nicht genau sagen könnte, wie, aber die Wand mit Hirschgeweihen und Kuckucksuhren, auf die sie damals blickte, ist noch da. Sie bestellen Wein und lassen sich auf der Sitzbank nieder.

»Wie fandst du's?«, fragt sie.

»Ich fand's grässlich. Und du?«

»Es ist ein so unglaublich schönes Stück ...«

»Genau! Deswegen!«

»Ich liebe dieses Stück einfach unglaublich.«

»Ja, das sagtest du bereits.«

»Darf ich das denn nur *einmal* sagen?«

»Nein, aber nach einem Mal weiß ich es.«

»Ja.«

»Es ist also nicht nötig.«

»Übrigens, beim ersten Mal sagte ich, dass es schön ist. Und beim zweiten Mal, dass ich es liebe.«

»Unwesentlicher Unterschied.«

»Was wesentlich anderes. Nicht alles, was ich schön finde, liebe ich.«

»Nein, aber du findest schon alles, was du liebst, schön.«

»Ist das so?«

»Ist das nicht so?«

»Ich weiß nicht. Was ist schön?« Sie hofft, dass er jetzt nicht sagt: Du bist schön. Er sagt gar nichts. Sie denkt an das Spiel, das sie früher immer spielten, wenn sie in einem Lokal saßen. Sie malten sich das Leben der Leute um sie herum aus. Warum haben sie irgendwann damit aufgehört?

»Weißt du noch, wie wir hier gesessen haben? Wie wir hier erfuhren, dass ich Leo erwartete?«

»Das war nicht hier.«

»Doch, das war hier.«

»Nein, nein. Das war nicht hier. Das war auf keinen Fall hier.« Er blickt misstrauisch, als wollte sie diese Erinnerung hinterlistig in jenen Abend einschmuggeln.

»Wo war es denn dann?«

»Weiß ich nicht.«

»Wie kannst du dann wissen, dass es nicht hier war?«

»Das weiß ich einfach. Kann doch sein, oder? He, da ist Vincent. Vin!« Bruch reckt den Arm in die Höhe. Vincent steuert auf sie zu. Er wirft seinen Mantel und seine Taschen und Blumensträuße auf einen Stuhl, während er sich an ihrem Tisch niederlässt, als seien sie hier verabredet und er sei endlich da. Auf seine unverbesserliche Art, mit der er auf vertraut macht, beugt er sich vor.

»Ich bin geflüchtet. Es lässt sich ja doch nichts mehr ändern. Es ist, was es ist. Daran veränderst du nichts mehr. Ich kenne mich. Ich versuche trotzdem noch, den Leuten alles zu erklären, was sie nicht begriffen haben. Morgen in der Zeitung werden sie ohnehin kein gutes Haar an mir lassen. Ich kapier nicht, wieso ich mir das noch antue. Zuerst ist es meine Idee, dann wird es zu meiner Verantwortung, und am Ende ist es meine Schuld. Es sei denn natürlich, alle finden es gut, dann ist es natürlich ihr Verdienst. Schauspieler. Hinterhältige Bande. Warum bin ich nicht einfach Arzt geworden oder sonst was Respektables, so wie du, Bruch. Arzt! Wunderbar! Sinnvoll! Mein Gott! Apropos Ärzte, ich werde demnächst Tschechow machen, in Den Haag. Aber Leute, he! Was ist das lange her! Wie hat es euch gefallen? Ach nein, lasst, sagt lieber nichts. Es sei denn, es ist was Nettes. Für mich das Gleiche, was sie trinken, eine ganze Flasche, bitte. Ich hab dieses Stück echt begriffen, glaubt mir, Blanche und Mitch und Stella und Stanley, die sind hier«, er schlägt sich hart mit der Faust auf die Brust, »in meinem Herzen. Ich *bin* sie. Ich verstehe sie. Letztlich wollen sie alle das Gefühl haben, dass sie von Bedeutung sind. Letztlich ist alles, was sie antreibt, die Suche nach Liebe. Was uns alle antreibt. Was mich antreibt. Was auch euch antreibt.« Emilia vermeidet es, Bruch anzusehen. Er legt ihr unter dem Tisch die Hand aufs Bein.

»Es war sehr speziell, Vin. Sehr speziell.«

»Ja, nicht, ja, das war es, es war echt speziell. Ich hab Sachen in dem Stück entdeckt, die ich vorher komischerweise nie gesehen habe, Sachen, die andere also auch immer ungenügend rausgearbeitet haben. Wenn du es erst weißt, ist es aber glasklar. Wenn du's mal weißt, kapierst du nicht, wie du das je übersehen konntest. Emilia, Schatz. Wie geht es dir? Wie hat es dir gefallen?« Bruch zwickt sie ins Bein.

»Blanche war gut.«

»Christine, ja, Christine war gut. Sie hat mich zwar zur Verzweiflung getrieben, die Frau spielt ja nur vor Publikum, bei den Proben macht sie gar nichts, aber heute Abend hat sie alles gegeben, das stimmt, heute Abend war sie gut. Christine ist vielleicht deshalb so gut, weil sie sich in einer ähnlich prekären Lage befindet wie Blanche. Ihr Mann hat sie verlassen, und sie ist allein, und sie ist zu alt, eine Spur zu alt, und das weiß sie. Prost. Schön, mal wieder mit euch zu reden. Endlich mal Menschen, die was Sinniges sagen.«

»Zu alt für was?«

»Zu alt für eine schöne neue, junge Liebe. Eine Frau jenseits der fünfundvierzig sollte es sich dreimal überlegen, bevor sie das, was sie hat, über Bord wirft.«

»Aber er hat doch *sie* über Bord geworfen, wenn ich das richtig verstanden habe?«

»Lass gut sein, ich erspare euch lieber die ganze Geschichte.« Er kneift die Augen zu und ergänzt in süffisantem Tonfall: »Und ich habe keine Lust auf eine Diskussion über die Frage, ob ich jetzt gerade etwas Frauenfeindliches gesagt habe. Was mich betrifft, ist es eine völlig wertfreie Feststellung. Ich kann nichts dafür, ich sage nur, wie es ist. Das Ende! Wie hat euch das Ende gefallen?« Er gießt die Gläser voll. Sie stoßen an. Bruch gibt ein paar wohlwollende Allgemeinplätze über das Ende von sich, die Vincent allesamt zu seinen Gunsten auslegt, während er den Wein in sich hineinschüttet. Emilia und Bruch erheben sich schließlich, warten darauf, dass Vincent aufhört zu reden, was er nicht tut. Emilia bezahlt die Rechnung. Bruch unterbricht Vincents Redefluss, um sich zu verabschieden. Als sie an der Tür sind, ruft Vincent ihnen nach, dass er bald mal bei ihnen reinschauen werde, wenn er denn je einen Tag frei habe, was verdammt noch mal nie der Fall sei, weil ihn das verflixte Theater immer wieder in die Arena rufe.

Sie gehen schweigend zum Auto. Wenn sie in einer anderen Stimmung wäre, würde Emilia Vincent jetzt nachäffen. Aber dieses Monologisieren von ihm, die Schmierenkomödie, die er aufgeführt hat, war einfach zu deprimierend. Bruch setzt sich ans Steuer und startet den Motor schon, bevor sie die Tür zugemacht hat. Er hat zu viel getrunken, um zu fahren. In der Stille des Wagens, auf Straßen, die immer leerer werden, denkt sie an das Aufeinandertreffen mit Frank. Sie fragt sich, ob Bruch ihn gesehen hat. Sie fragt sich, wo er war, als sie auf der Toilette war. Sie fragt sich, woran er denkt. Er biegt in die Zufahrt zu ihrem Haus ein und macht den Motor aus. Da der Weg abschüssig ist, können sie den Wagen im Leerlauf weiterrollen lassen. Es dauert noch fast eine Minute, bis er zum Stehen kommt.

»Vincent hat so getan, als wäre diese ganze Vergewaltigungsszene seine Erfindung. Eine neue Erkenntnis oder so.«

»Und eigentlich war es nicht mal eine Vergewaltigung.«

»Wie meinst du das?«

»Dass er es inszeniert hat, als machte es irgendwie Spaß.«

»Ja?«

»Das fand ich am schlimmsten.«

»Ich dachte, du fandst es schön.«

»Ich sagte, dass ich das Stück schön finde.«

»Oh.«

»Das Stück. Von Williams.«

»Ja, ja, ja, ich weiß, von wem das Stück ist.«

Als sie die Haustür öffnet, schlägt die Küchentür mit einem lauten Knall zu. Im Kaminofen knistert ein Feuer, und alle Lichter brennen. Auf dem Büfett steht eine angebrochene Flasche Single Malt aus ihrem Geburtsjahr, und ein letzter Rest Eiswürfel schmilzt in der Form vor sich hin. Die Terrassentüren sind offen, und der Vorhang weht wie ein Segel nach draußen. Das Geschirrtuch, das Bruch am früheren Abend Richtung Büfett warf, liegt noch an derselben Stelle auf dem Boden. Alicia ist nirgendwo zu entdecken. Emilia ruft sie. Es kommt keine Antwort.

Diese Küche wurde überstürzt und ungeplant verlassen. Emilia stockt der Atem in der Kehle, und Panik treibt ihr Gänsehaut über den Körper. Sie lässt ihre Tasche und ihren Mantel auf den Küchenfußboden fallen und rennt die Treppe hinauf. Als sie die Tür zu Osips Zimmer aufstößt, sieht sie in dem hineinfallenden Streifen Licht sofort, dass er in seinem Bett liegt. Sie legt eine Hand auf sein Köpfchen, um zu fühlen, ob er lebt. Er gibt einen kleinen Laut von sich. Warm, schlafend, unversehrt, folgert sie, während sie leise die Tür schließt und die Leos öffnet. Das Rechteck seines Betts leuchtet weiß und starr in dem dunklen Zimmer. Keine Decke, keine Stofftiere, kein Leo. Sie schlägt mit der Faust auf den Lichtschalter, und das Licht macht den Anblick des leeren, unordentlichen Zimmers für einen Moment extrem alltäglich. Über den Boden verstreutes Spielzeug, Stifte mit den Verschlusskappen daneben auf dem kleinen Tisch. Aus dem Kleiderschrank hängen Sachen heraus. Auf dem kleinen Sofa liegt eine enthauptete Puppe. Automatisch schaut sie sich kurz nach dem Kopf um, den sie nicht findet. Ein Sammelsurium aus Steinen und Muscheln und Zweigen türmt sich auf der Fensterbank. Die Vorhänge sind nicht zugezogen, das Fenster ist gekippt. In der Spiegelung der Scheibe sieht sie sich selbst, einen Fleck. Sie sollte rufen, denkt sie, während sie stumm das Zimmer verlässt und Bruch die Treppe heraufkommen sieht.

»Was ist denn los? Was tust du?«

»Leo ist weg«, sagt sie.

»Was meinst du mit weg? Wovon sprichst du?«, fragt er, als sie sich auf der Treppe, zurück nach unten, an ihm vorbeischiebt. Sie läuft in die Küche und sinkt neben ihrem Mantel und ihrer Tasche auf die Knie, um das Handy zu suchen. Bei einer Kindesentführung kommt es auf jede Sekunde an, mit jeder Stunde, die jemand nicht gefunden wird, halbieren sich die Chancen auf ein gutes Ende. Warum rennt Bruch nicht in den Garten, warum ruft er nicht, tut er nicht irgendwas? Sie sieht vor sich, wie Leo, in seine Decke gerollt, über eine Schulter geworfen und weggetragen wird. Sie sieht vor sich, wie er geschlagen, gequält, missbraucht wird. Sie sieht verschiedene Szenarien seiner Ermordung vor sich. Sie sieht vor sich, wie seine Leiche in den Fluss geworfen, in einem Erdloch verscharrt, in einen Müllsack gesteckt wird. Durch die offenstehenden Türen, in denen die Vorhänge hin- und hergeschlagen werden, sind Blätter hereingeweht. Emilia kippt ihre Tasche aus – Taschentücher, Tampons, Lutschbonbons, Bleistifte, eine Brotrinde, ein USB-Stick, Haarnadeln, Notizhefte, eine Zeitung, Playmobilfiguren, Geld, Kundenkarten, Zigaretten, Wimperntusche und ein Schnuller.

Warum wohnen sie hier? So gottverlassen weit draußen.

2

Sie entdeckten ständig etwas Neues. Einen dritten und einen vierten Pflaumenbaum, eine Spirale aus Steinen, die irgendwann jemand sorgsam ausgewählt und so dort hingelegt hat, Stachelbeersträucher, ein in den Stamm der Linde geritztes Herz, Rosen, einen ausgetrockneten Brunnen, einen Winkel voller Minze und Melisse, den sie ihre Teeplantage tauften. Sie entdeckten, dass der kleine Hügel hinten kein Hügel war, sondern ein überwucherter Schutthaufen. Wenn etwas reif war, pflückten sie es. Sie machten Mirabellenmarmelade. Kuchenteig, in den sie Pflaumen schütteten, was ein matschiges, rosafarbenes, säuerliches Etwas ergab, das völlig auseinanderfiel. Sie machten Apfelmus und Apfelkuchen. Eine Nachbarin kam vorbei und zeigte ihnen den überall wuchernden Giersch. Bruch entdeckte online, dass Giersch nicht nur eine Plage war, sondern auch etwas, woraus man Suppe oder Pesto machen konnte. Sie waren fest entschlossen: Sie würden nicht die Natur bezwingen, sondern es andersherum machen und sich selbst zähmen lassen.

Der Herbst verwandelte in Windeseile das gesamte Bild des Gartens. Die Aussicht auf weitere Auswirkungen der Jahreszeiten, wie prägend diese hier sein würden, erfüllte sie mit Ehrfurcht. Sie wurden sich bewusst, dass es ewig dauern würde, bis sie hier ganz zu Hause waren. Mit Leo im Tragesack machten sie Spaziergänge über ihr eigenes

Grundstück. Achtzig Meter vom Haus entfernt der morsche Steg, der Fluss, der von links nach rechts strömte, immer von links nach rechts, wie eine Gedichtzeile, sagte Bruch an dem Abend, da ihnen das aufgefallen war.

Anfangs hatten sie Wohnzeitschriften gekauft und sich in Küchenstudios umgesehen. Sie hatten Skizzen gemacht und verschiedene Möglichkeiten durchgespielt. Sie wollten Wände durchbrechen, die Treppe versetzen, den Dachboden ausbauen. Doch schon nach einer Woche beschlossen sie, die gelbe Fünfzigerjahreküche einfach so zu lassen, wie sie war. Und in den Wochen darauf ließen sie nach und nach auch alle ihre anderen Vorhaben fallen. Das Haus war genau richtig, mochte es auch noch so veraltet und baufällig sein. Emilias Lieblingsort war vorläufig der Wintergarten. Dessen Fensterscheiben hatten eine kaum wahrnehmbare Verfärbung, wodurch das Licht dort unglaublich war. Emilia lag mit Leo auf dem Bauch in dem warmgelben, staubigen Schein und verschlief ganze Nachmittage.

Bruch würde seine neue Stelle am regionalen Krankenhaus erst Mitte Oktober antreten, und Emilia hatte Babypause. Sie waren praktisch ununterbrochen zusammen. Sie packten Umzugskartons aus. Sie lasen, lagen im Gras, schauten in die Wolken und schwammen im Fluss. Sie betrachteten Leos stilles, ernstes Gesichtchen. Er war wehrlos und schien zugleich mit etwas verbunden zu sein, das außerhalb ihrer Reichweite lag, eine Verbindung, die ihm Autonomie verlieh. Er war ein pflegeleichtes Baby. Wenn er weinte, konnte sie ihn trösten. Er schlief viel und trank problemlos. Während der Schwangerschaft hatte sie eine

Abneigung gegen die sich ausstülpende Körperlichkeit gespürt, insbesondere die Öffentlichkeit dieser Transformation. Aber derartige Gedanken über sich selbst hatte sie jetzt nicht mehr, sie war da und sie war nicht da.

Einmal holte sie Bruch einen runter, während sie Leo stillte. Blickte auf Leos kleine Lippen an ihrer Brustwarze und auf das konzentrierte Gesicht Bruchs. Sie war in ein neues Universum gelangt, von der Außenwelt isoliert, eine Intimität von schwindelerregender Tiefe. Es bestand kein Gegensatz zwischen ihrem Körper in seiner Funktion als Ernährer und Beschützer ihres Kindes und als Bestandteil der sexuellen Beziehung zu ihrem Mann, alles floss nahtlos ineinander über. Ihr Glück war ein Rausch, der ihr Dasein ganz wirklich machte und sie selbst zugleich verwischte. Es hatte die Intensität des Verliebtseins, aber weitaus mehr Gewicht und nichts Flatterhaftes. Es war nicht so, dass sie keine Gedanken gehabt hätte. Eher so, als wäre ihre Persönlichkeit abhandengekommen. Sie war Kopf, und sie war Körper, aber es gab kein übergeordnetes Ganzes, keine Verantwortung, kaum Reflexion. Sie war nicht mehr verankert. Bevor sie das erlebte und nachdem es wenig später verging, war es für sie völlig undenkbar gewesen, dass es so etwas gab und wie schön es war.

Sie kamen auf die Idee, ein Fest zu geben. Mutter und Kind besuchen und Hauseinweihung in einem Aufwasch. Es sollte der krönende Abschluss dieser Phase ohne Verpflichtungen sein und auch den Beginn der neuen Realität markieren. Sie verschickten mit Pflaumenflecken verzierte Einladungen und gaben Herbstlaub in die Kuverts.

Sie räumten auf und richteten Betten für Übernachtungs-
besuch her. Sie reservierten die drei Zimmer in der örtli-
chen Pension. Bei den Nachbarn kauften sie Hähnchen,
die vor ihren Augen betäubt, geköpft, gerupft, ausge-
nommen und eingepackt wurden. Sie hängten Lampions
im Garten auf.

»Essen wir draußen an einem langen Tisch? Oder ist es
zu kalt dafür?«

»Es ist viel zu kalt.«

»Jacob findet garantiert, dass das hier 'ne Ruine ist.«

»Jacob ist selbst 'ne Ruine.«

»Meinst du, dass alle kommen?«

»So gut wie alle.«

»Sollen wir es abblasen?« In der Küche fing Leo an zu
schreien.

»Quatsch.«

»Ich gehe einkaufen.«

»Leo schreit.«

Sie nahm Schlüssel und Geldbeutel vom Schrank, ging
zur Tür hinaus, stieg ins Auto, ignorierte Bruch, der ihr
von der Tür aus nachrief und mit den Armen fuchtelte.
Sie fuhr zum Supermarkt. Sie machte Einkäufe. Danach
setzte sie sich in ein Café und trank Kaffee. Sie las die
Zeitungen, sie las die Prospekte, die auf dem Tisch lagen,
sie las die Speisekarte. Als sie sich endlich auf den Heim-
weg machte, fühlte sie sich krank. Sie fuhr die schmale
Landstraße entlang. Die Milch nässte ihre Bluse.

Bruch war sauer. Er hatte sich drei Stunden lang aufge-
schmissen gefühlt.

»Er schläft, Bruch.«

»Seit fünf Minuten!«

»Ich weck ihn jetzt.«

»Vor Erschöpfung! Nicht!« Sie machte ihren Oberkörper frei und hob Leo aus seiner Wiege. Er musste ihr Erleichterung verschaffen, denn sie platzte schier. Sie sah, wie Bruch auf sie schaute. Auf das Kind, das mit rotem Kopf seine Mutter fraß. Auf die Mutter, die mit ebenso rotem Kopf und bleichen, nassen Brüsten auf dem Sofa saß und heulte. Es war vorbei: das Zeitloch, das Paradies der Gedankenlosigkeit, die Idylle.

Es kamen rund fünfundzwanzig Leute. Freunde von ihr, Freunde von Bruch. Ihre Kollegen Eddy und Martijn und Josepha. Mascha und Abdul, die einzigen Menschen, die sie gemeinsam kennengelernt hatten, bei einem Spanienurlaub, und die, wie sich dann herausstellte, damals in derselben Straße wohnten. Ihre beiden Brüder waren da. Bruchs Schwester Philippa mit ihren drei Töchtern, die sich schon nach einer Stunde wieder verabschiedete. Seine Eltern, die in ihren feinen Sachen alt und steif aussahen. Sie zeigten in der einsetzenden Dämmerung den Garten und die Aussicht, und wie viel Platz sie hatten. Sie zeigten die Dämmerung selbst.

»Schaut mal«, sagte Bruch, »schaut mal, wie die Farben schwinden, wie sich alles zu einem Kontrast vereinfacht, und wenn kein Mond da ist, sieht man später gar nichts mehr, nicht die Hand vor Augen, Leute, schaut euch das an!«

Sie ließen sie die Stille hören. Die Stille im Garten, zwischen den rauschenden Bäumen und dem glucksenden Wasser und dem Rascheln kleiner Tiere. Bruch zählte die Namen von Bäumen und Pflanzen auf, und Arend, der

Mann der Frau mit dem Giersch, verbesserte ihn ständig, bis Bruch schließlich bei allem sagte: »Und das, meine Damen und Herren, das ist also die Kastanie.« Er mimte die städtische Version seiner selbst, die zu ihren städtischen Freunden passte, bei denen die Natur eher als Verschrobenheit galt.

Jemand fragte, was es eigentlich bedeute, wenn man im Deichvorland wohne, wie groß die Wahrscheinlichkeit von Überflutungen sei. Ihr Bruder Jacob nahm die Zigarre aus dem Mund und sagte: »Emilia und Bruch finden Gefallen an diesem Risiko. Hier zu wohnen, dehnt die statische Sicherheit der Familie zu einem zerbrechlicheren und von daher bedeutsameren Glück aus. Es kann jeden Augenblick vorbei sein. Lässt sich auch nicht versichern, also wenn es schiefgeht, und das tut es immer, bleibt nichts als der Kern der Existenz.« Man lachte, doch als sie Jacobs Blick auffing, sah sie die Wut in seinen Augen. Sie hätte in seiner Nähe bleiben sollen. Er betrachtete ihren Wegzug als Verrat. Sie unterdrückte die Anwandlung, sich im hintersten Winkel des Hauses zu verkriechen. Stattdessen machte sie den Champagner auf und schnitt den Birnenkuchen in Stücke. Leo verschlief das alles schön zugedeckt in einem Weidenkorb.

Als die Magie erst einmal gebrochen war, entschwanden jene ersten Wochen in das Reich der Träume. Emilia fiel schnell in Altvertrautes zurück. Obwohl sie nicht das Gefühl gehabt hatte, dass ihr etwas verloren gegangen war, fand sie ganz offensichtlich etwas wieder, etwas Bekanntes, etwas Zwangsläufiges.

3

Hoch über ihr ist die Decke. Im Putz verzweigen sich die Risse wie Flussläufe. Die Sonne strömt ins Zimmer und bildet eine Pfütze auf dem Parkett. Emilia versucht zu erraten, wie spät es ist. Sie vertut sich um eine Stunde. Das Vakuum, in dem man zwar die weiche Wärme des Bettes registriert, aber das Bewusstsein noch nicht wieder zurück ist, hat heute höchstens drei Sekunden angehalten. Dann war ihr alles wieder präsent. Die Jungs. Alicia. Die Aufführung. Frank. Unten hört sie fröhliche Stimmen und das Rennen kleiner Füße. Von weit her weht das Quengeln einer Mähmaschine herein. Emilia kippt sich den kalten Tee, der neben ihrem Bett steht, in die trockene Kehle. Ein Kater ist das körperliche Äquivalent zur Beschämung.

Sie steht auf, zieht eine Strickjacke über, meidet ihren Anblick im Spiegel, verlässt das Zimmer. Die Küche ist aufgeräumt, der Inhalt ihrer Tasche in einer Schale deponiert. Die Whiskyflasche steht wieder oben auf dem Schrank. Obwohl sie diesen Whisky mehr als zehn Jahre lang aufbewahrt hat und er nun wie sie zweiundvierzig Jahre alt ist, hat er nicht besonders gut geschmeckt. Bruch gießt ihr Kaffee ein und fragt mit einem Anflug von Spott in der Stimme, ob es gehe. Sie nickt. Aber er hat sich schon abgewendet. Ja, sagt sie, ja, es geht. Er fragt, ob es okay ist, dass er jetzt gleich schwimmen geht. Natürlich, sagt sie. Sie wünschte, er würde sie in den Arm nehmen. Er läuft die Treppe hinauf. Aus dem Augenwinkel sieht sie Osip, der mit einer kleinen Gießkanne den Fußboden wässert. Leo liegt auf dem Bauch und schaut sich einen Film an. Emilia nimmt die Zeitung vom Tisch, entwindet Osip die Gießkanne und drückt ihm stattdessen einen Keks in die Hand, wirft ein Handtuch auf den nassen Fußboden und setzt sich neben Leo. Nach einem halben Artikel liegt die Zeitung auf dem Boden, Osip sitzt bei ihr auf dem Schoß, und Leo erzählt simultan zum Film, was sich darin abspielt. Durch den Garten läuft Bruch auf den silbrig glitzernden Fluss zu. Er hängt seinen Bademantel über den Pfosten. Taucht ins Wasser. Mit seiner bleichen Haut. Pflügt mit angespannten Muskeln unter der Oberfläche dahin. Warum hat sie ihm nicht von Frank erzählt? Weil es eigenartig und peinlich war und schwer nachzuerzählen. Weil es ihr zur Gewohnheit geworden ist, Dinge nicht zu erzählen. Im ersten Sommer ihrer Beziehung hat sie den Tenor gesetzt, als sie beschloss, ihm nicht zu erzählen, was passiert war. Was passiert ist, macht mich nicht aus, rechtfertigte sie das sich selbst gegenüber, im Gegenteil: Es würde sich vor mich schieben und ihm die Sicht auf mich nehmen. Es ist ein Akt der Autonomie zu entscheiden, ob ein Vorfall eine Rolle in deinem Leben spielen darf oder nicht. Stimmt das? Kann man das als Standpunkt gelten lassen, oder ist das eine Ausflucht? Kann sie das zurücknehmen? Kann man Jahre, nachdem eine Frage gestellt wurde, noch eine Antwort darauf geben? Ihr fallen Gedanken ein, die sie vergessen hatte. Als der Mann ihr mit der Faust ins Gesicht schlug, dachte sie an das eine Mal, da sie als Kind eine Spritze ins Bein bekam. Der Arzt schlug ihr mit der flachen Hand auf den Po, ihre Aufmerksamkeit war abgelenkt, weshalb sie sich entspannte und weniger bewusst spürte, wie kurz darauf die Nadel in ihre Haut drang. Sie hatte sich, so klein sie war, durch diese fadenscheinige Methode hintergangen gefühlt.

Leo erzählt, wie die Figuren in dem Film heißen, und Emilia soll raten, ob sie gut oder böse sind. Das ist leicht, denn man kann an ihrem Aussehen deutlich ablesen, wo sie auf dem ethischen Spektrum angesiedelt sind. Leo lehnt sich an sie und wickelt ihr Haar um seine Händchen. Osip probiert, auf ihren angezogenen Knien zu balancieren, fällt aber immer wieder um, worauf sie ihn kitzelt, bis er kreischt und sich ihrem Griff zu entwinden versucht. Bevor sie Kinder bekam, wusste sie nicht, dass der Kontakt so körperlich sein würde, so sinnlich, so grenzenlos.

Der Faustschlag bleibt ihr im Sinn. Wie oft hatte er sie geschlagen? Sechsmal, zwanzigmal? Mit welchem Schlag brach er ihr den Kiefer? War es überhaupt möglich, es Bruch jetzt noch zu erzählen? Wusste sie noch, wie es abgelaufen war? Ist etwas zwölf Jahre später noch zu rekonstruieren? Das Gesicht, das sie immer und überall wiedererkennen zu können glaubte, ist ihrer Erinnerung entschwunden. Als sie sich bemüht, es sich zu vergegenwärtigen, ähnelt es Franks Gesicht, doch sie ist sich sicher, dass es nicht wirklich Ähnlichkeit damit hatte, dass das einzig und allein mit gestern zu tun hat und ihr Gedächtnis ihr einen dummen Streich spielt, um zu verdeutlichen, wie wenig sie sich darauf verlassen kann.

»Er ist zu Ende.«

»Dann mach mal aus.«

»Ich will noch einen Film gucken.«

»Nein, Leo, mach aus.«

»Aber ich will noch einen Film gucken! Der war ganz kurz.«

»Leo.«

»Bitte. Mama? Mama! Der war echt ganz kurz.«

»Nein.«

»Liest du mir dann was vor?«

»Später.« Leo stampft böse in die Küche.

Alicia sagte, sie sei erpresst worden. Leo wollte im großen Bett schlafen, nicht in seinem eigenen. Sie bat um Entschuldigung. Erpresst, womit?, wollte Emilia fragen, aber Alicia sah sie mit einer solchen Verachtung an, dass sie schwieg. Bruch ließ sich überhaupt nicht mehr blicken. Sie hatte nach Atem ringend inmitten ihres Tascheninhalts gehockt. Zugesehen, wie Alicia ihre Kontonummer auf die Wandtafel schmierte, weil sie nicht erwartete, dass Emilia noch das Portemonnaie zücken würde. Zugesehen, wie sie das Glas, das sie anfangs noch hinter ihrem Rücken versteckt hatte, in aller Seelenruhe austrank, bevor sie es leise in die Spüle stellte.

Osip schläft in der Sofaecke ein. Sie isst das Ei, das vor ihr auf der Anrichte steht, und schält einen Apfel. Bruch ist schon seit einer Stunde weg. Ist das nicht sehr lange, in einem ziemlich kalten Fluss? Sein Bademantel hat den Pfosten in einen Mast mit roter Flagge verwandelt. Leo hockt bei seinen Legosteinen. Sie stellt einen Teller mit dem Apfel neben ihm auf den Boden und breitet eine Decke über Osip. Geht dann in den Garten. Es ist windig und noch kälter, als sie dachte. Sie läuft durch das hohe Gras. Nicht mehr lange, und es wird zu hoch für den Rasenmäher sein, sodass man ihm nur noch mit der Sense beikommt. Als Kind legte sie im großen Garten hinter ihrem Elternhaus immer eine kleine lilafarbene Decke zwischen die mannshohen Brennnesseln, zog Hose und Jacke aus und ließ sich in Unterwäsche zum Lesen nieder, gleichermaßen versteckt und gefangen. Das Rufen ihrer Mutter hörte sie irgendwo weit weg.

Sie zupft an seinem Bademantel. Auf dem Steg stehen seine Slipper. Der Wind wirft lange Wellen mit spitzen Kämmen auf dem grauen Wasser auf. Das Wasser steht hoch. Am anderen Ufer stehen zwei Kühe und beäugen sie. Schwimmt er immer so lange? Schwimmt er zuerst stromaufwärts oder stromabwärts? Sie dreht sich um und geht zurück, vage beunruhigt, aber nicht gewillt, diese Empfindung zuzulassen. Das Haus steht klein und geduckt in der Mitte des Gartens. Unter einer großen Plane auf der einen Seite liegen Baustoffe, Holzbalken und eine Aluleiter. Die Küche, der Ausbau des Dachbodens, schließlich und endlich werden sie das doch alles machen.

Drinnen ist alles beim Alten, ihr Gehen und Kommen sind unbemerkt geblieben. Osip schläft, Leo spielt, den Apfel hat er nicht angerührt. Emilia steht eine Zeitlang regungslos in der Küche. Sie muss etwas gegen das Gefühl tun, das sie erfasst hat. Sie muss zusehen, dass sie sich wieder den normalen, alltäglichen Dingen zuwendet und vergisst, was sie sich zu vergessen vorgenommen hatte.

Unwillkürlich entfährt ihr ein Schrei, als die Türklingel die Stille durchbricht. Wer ist das? Am Sonntagmorgen. Um halb elf. Jemand, der sagt, dass Bruch ertrunken ist?

Leo schaut zu ihr herüber. Als Emilia die Hand auf die Klinke legt, um die Tür zum Flur zu öffnen, wird hinter ihr die Terrassentür aufgeschoben. Sie erschrickt erneut. Dreht sich langsam um. Bruch steht mit nassen Haaren und vor Kälte fleckigem Gesicht im Türrahmen. Sie starrt ihn an. Er macht einen Klimmzug am Türsturz.

Es klingelt noch einmal.

»Erwartest du jemanden?«, fragt Emilia.

»Sophie und Douwe, oder nicht? Jetzt schon?« Er schaut auf die Uhr.

»Scheiße. Vergessen.« Sophie ist eine Kollegin von Bruch. Sie und ihr Mann Douwe haben versprochen, beim Abriss des Schuppens hinten im Garten zu helfen.

»Man darf nicht Scheiße sagen«, sagt Leo. »Ich mach auf!«

»Okay. Sag, dass wir gleich kommen.« Und in einem plötzlichen Energieschub schießen Bruch und sie die Treppe hinauf, während Leo zur Haustür läuft. Bruch geht ins Badezimmer und dreht die Dusche auf. Sie geht ins Schlafzimmer. Als sie vor dem Kleiderschrank steht, tritt Bruch hinter sie, fasst sie um die Taille und küsst ihren Nacken. Er schiebt die Hand unter ihr T-Shirt auf ihre Brust. Die Hand ist vom Flusswasser kalt und steif. Emilia stöhnt. »Du stöhnst«, flüstert er ihr ins Ohr. Dann lässt er sie los und verschwindet unter die Dusche. Sie zieht sich langsam an. Im Badezimmer kämmt sie sich die Haare und steckt sie hoch, während der Spiegel beschlägt. Dann geht sie die Treppe hinunter und holt auf den letzten Stufen tief Luft, als wollte sie unter Wasser tauchen.

»Wie seid ihr euch eigentlich begegnet?« Sie stellt die Frage, weil sie sich wünscht, dass man ihr die Gegenfrage stellt, dass man ihre Geschichte hören will.

»Gar nicht.«

»Wir sind uns nicht begegnet.«

»Ich kann mich nicht erinnern, dass Sophie je nicht da war.«

»Seine Schwester hat mit meiner Schwester gespielt.«

»Wir gingen in dieselbe Schule.«

»Ich eine Klasse unter ihm.«

»Wir haben zusammmen schwimmen gelernt.«

»Wir spielten draußen mit allen anderen gleichaltrigen Kindern aus dem Dorf.«

»Das waren so etwa zehn, zwölf.«

»Seine Mutter nähte Kleider für meine Puppe.«

»Wir haben uns zum ersten Mal geküsst, als wir fünfzehn oder sechzehn waren, glaube ich.«

»Ja, so in etwa.«

»Aber da waren wir schon zwei Jahre zusammen.«

»Als wir studierten, ich in Leiden, er in Delft, haben wir uns mal für ein Dreivierteljahr getrennt.«

»Hat aber nichts gebracht. Wir haben uns vermisst.«

»Wir fühlten uns amputiert.«

»Ein kleiner Abstecher, um endgültig festzustellen, dass es nichts zu suchen gab.«

»Wir hatten schon alles gefunden.« Wie um ihre Worte noch zu illustrieren, pflückte sie während dieses Duetts Gras von seiner Hose, und er hielt die Hand auf, um die Grashalme entgegenzunehmen und auf den Tisch zu legen. Als wären seine Beine auch ihre Beine. Ihre Hände waren genauso aufeinander eingespielt wie die Rechte und die Linke ein und derselben Person. Ob diese Erprobung eines Lebens ohneeinander, eines Lebens mit anderen, wohl primär sexueller Natur gewesen war, oder ging es dabei auch noch um etwas anderes? Ist das Intimleben von Jugendlieben tiefer und intensiver oder gerade nicht, weil es da kein Geheimnis gibt, keine unbekannte Vergangenheit, keine Kluft, die überbrückt werden muss? Worin liegt eigentlich das Geheimnis? Darin, dass der andere ein Leben hatte, das ihn außerhalb deiner Reichweite geformt hat?

»Und jetzt wohnen wir neben dem Haus, in dem Douwe aufgewachsen ist.«

»In der Straße, in der ihr früher Räuber und Gendarm gespielt habt?«

»Genau.«

»Und eure Kinder?«

»Vierzehn, fünfzehn und siebzehn.«

»Und die haben auch in dieser Straße Räuber und Gendarm gespielt.«

»Oder vielleicht auch was anderes als Räuber und Gendarm.«

Bruch gießt Wein in die Gläser und pflückt nun auch Grashalme von seiner Kleidung. Die Entwicklung eines Kindes zu einem Mann oder zu einer Frau von vierzig kann nicht ohne Um- und Irrwege verlaufen. Oder doch? Ist die Voraussetzung für lebenslange Liebe ein offener Blick? Oder ein stabiler Charakter? Oder eine Art effektiven Desinteresses?

»Und ihr?« Nun führen Bruch und sie ihr kleines Theaterstück auf. Erzählen die Geschichte, die sie, wie jedes Paar, nicht zum ersten Mal und mit eingeschliffenen Formulierungen auftischen. Die gemeinsame Version ihrer Geschichte. Die Geschichte, die eigentlich nichts erzählt. Die Geschichte, welche die Sicht auf den Abgrund verstellt. Emilia trinkt einen Schluck von ihrem Wein. Sophie, Douwe und Bruch haben den ganzen Nachmittag gearbeitet. Sie selbst ist im Haus geblieben und hat versucht, ganz für die Kinder da zu sein. Sie ist mit ihnen in die Badewanne gegangen, sie hat auf dem Dachboden gelesen, während die beiden dort spielten, sie hat gekocht, während hysterische Zeichentrickstimmen durchs Haus schallten. Sie hat gegen die Schläfrigkeit, gegen die lähmende Langeweile dieses Tages angekämpft. Die drei da sehen gesund und aufgeräumt aus. Sie haben Arbeitsklamotten an und Staub in den Haaren. Sie haben Appetit. Sie haben heute etwas zustande gebracht, und wenn es nur ein Haufen Schutt auf einem Anhänger ist.

»Auf einer Party meines Bruders.«

»Aber daran erinnert sie sich nicht.« Gelächter. Immer.

»Beim zweiten Mal, für mich also beim ersten Mal, im Krankenhaus. Ich habe einen Nachbarn hingebracht, der angefahren worden war. Bruch arbeitete dort. Wir begegneten uns zufällig in der Eingangshalle. Kamen ins Gespräch. Gingen in seiner Mittagspause im Park spazieren.«

»Und du warst?«

»Dreißig.«

»Vierunddreißig.«

»Wir trafen uns jeden Tag, aber noch nicht bei uns zu Hause. Wir liefen durch die Stadt, hockten in Kneipen und Straßencafés.«

»Es war ein warmer Sommer.«

»Wir lagen in Parks auf dem Rasen. Wir fuhren mit irgendeiner Straßenbahn bis zur Endhaltestelle und liefen zu Fuß zurück.«

»Wir knutschten an Straßenecken und in Kneipen, und wir liefen und liefen und redeten über alles Mögliche, nichts Großartiges.« Das stimmte. Damals erzählten sie einander noch fast nichts aus ihrem Leben. Sie waren über dreißig, da hatte sich Stoff von einem halben Leben angesammelt. Aber sie lebten nur im Jetzt, so etwa muss es gewesen sein, sie erinnerten sich an keinen Grund mehr, sondern an ein Gefühl von Freiheit und eine Idee von Aktualität. Was sie jetzt von etwas hielten, wie sie es jetzt sahen. Sie waren draußen und ganz für sich. Sie waren die ersten Menschen. Die sommerliche Stadt war ihr Paradies. Sie beschrieben sich gegenseitig, wie sie wohnten. Er hatte eine Wohnung im sechsten Stock. Ein quadratisches Ding, sagte er, drei Zimmer, Küche, Bad um einen breiten Flur. Sie fragte sich, ob diese ganzen Ausweichmanöver bei der Balz womöglich bedeuteten, dass er eine feste Beziehung hatte. Wenn dem so war, dann machte das nichts. Es gab nur *ein* Ziel, wohin sie ihre Gefühle trieben. Wenn er noch anderweitig gebunden war, brauchte es nur ein kleines bisschen Zeit, um das zu klären, dann war es nur dieses kleine bisschen Zeit, das zwischen ihnen und diesem Ziel stand.

Er erzählte, dass er dort früher mit einer Freundin zusammengewohnt hatte. Vergangenheitsform, aber er sagte nicht, wie lange dieses Früher schon her war. Sie hieß Mariette und lief Marathon, mehr erfuhr sie nicht. Sie weiß noch, wie sie auf seine Hände schaute, auf die langen, schlanken Finger, und dass sie an die Patienten dachte, die er damit anfasste. Sie weiß noch, wie sich seine Hände unter und in ihre Kleidung stahlen und er sie anfasste, gierig, fest und präzise. An jenem letzten Tag der Anfangszeit forderte sie ihn auf, die Augen zu schließen und sie so genau wie möglich zu beschreiben. Gruselig war das, und erregend. Es war, als zeichnete er sie, als fügte sich ihr Körper seiner Beschreibung und als würde sie allmählich zu der, die sie ihm nach war, als füllte sie die Konturen aus, die er ihr gab. Wie neu gemacht ging sie nach Hause. Als sie, beschwipst vom Wein und ganz erfüllt von ihrer Verliebtheit, vor ihrer Haustür stand, tauchte er plötzlich neben ihr auf, ihr Belästiger. Sie hatte eine Einzimmerwohnung im zweiten Stock und teilte den Hauseingang mit sechs anderen Bewohnern, die ständig wechselten, sie nahm an, dass er in einem der anderen Apartments wohnte. Nicht einen Moment war ihr in den Sinn gekommen, dass dieser fremde Mann ihretwegen da war. Sie grüßte ihn. Sie ließ ihn herein, sie selbst ließ ihn herein, er brauchte keine Tür aufzubrechen. Er brauchte nur ihre Barrieren niederzureißen.

»Urplötzlich, von einem Tag auf den anderen, wollte sie mich nicht mehr sehen. Wir hatten auf einer Restaurantterrasse gegessen. Lasagne. Ich hatte Nachtdienst. Der fing um zehn Uhr an. Ich musste in die entgegengesetzte Richtung, und sie begleitete mich ein Stück, bevor wir uns verabschiedeten. Als ich sie am nächsten Morgen anrief, nahm sie nicht ab. Ich hinterließ eine Nachricht auf ihrem Anrufbeantworter. Nachdem ich mich ausgeschlafen hatte, rief ich erneut bei ihr an. Wieder ohne Erfolg. Ich rief immer wieder an, vermutete, dass ich etwas vergessen hatte, dass sie etwas vorgehabt hatte, mit einem

Freund oder einer Freundin, raus aus der Stadt, keine Ahnung. Ich wusste nicht mal, wo sie wohnte. Schon in welcher Straße, aber nicht die Hausnummer, wir hatten uns noch nie zu Hause besucht, wir hatten uns immer nur im Freien, an öffentlichen Orten getroffen. In der Nacht hatte ich wieder Dienst, und von dort aus versuchte ich erneut, sie zu erreichen. Inzwischen würde sie wohl wieder zu Hause sein, nahm ich an, doch sie nahm nicht ab. Ich hinterließ wieder eine Nachricht auf Band. Beunruhigt mittlerweile. Am nächsten Tag konnte ich nicht schlafen. Ich rief den Freund an, der mich zu der Party bei ihrem Bruder mitgenommen hatte. Über den bekam ich die Nummer von Jacob. Er wollte mir aber ihre Adresse nicht geben. Ich rief wieder und wieder bei ihr an, konnte aber keine Nachrichten mehr auf Band sprechen. Eine Woche später rief Jacob mich an. Er sagte, dass Emilia mich vorläufig nicht sehen wolle und ich nicht mehr anrufen solle. Sie müsse nachdenken«, sagte er.

»Wow. Und wie lange hat das gedauert?«

»Fast drei Monate. Und ich hatte nichts von ihr. Nicht mal ein Foto. Ich vergaß, wie sie aussah. Ich dachte schon, ich hätte sie geträumt.«

4

Emilia schließt die Hände um ihr Glas Tee und legt den Kopf auf den Tisch. Aus diesem schrägen Winkel schaut sie ihm zu. Er räumt die Küchenschränke aus und verstaut alles in Kartons und Kisten. Auf Knien zieht er die Töpfe hervor, Staubflocken wirbeln hinterher. Zwischen seinem Shirt und seinem Hosenbund ein Streifen weißer Rücken. Er hält ab und zu etwas hoch, woraufhin sie ja sagt oder manchmal auch nein. Bei einem Nein verschwindet es in der Mülltüte. Der Erfolg einer Ehe besteht darin, dass man die Haushaltsführung des anderen erträgt.

Bruch ist ein schöner Mann. Sein relativ großer Kopf mit dem störrischen braunen Haar, die Augenbrauen, der weiche Mund, die sprühende Unabhängigkeit in seinem Blick, seine Haut, sein leicht gekerbtes Kinn und dessen Symmetrie, die Verbindung aus Stärke und Sanftheit, all das hat eine magnetische Wirkung. Erst wenn man ihn von hinten oder von der Seite sieht und der Blick nicht auf sein Gesicht gelenkt wird, fällt ins Auge, wie hager und schlaksig sein Körper ist. Hat er nichts an, sieht man, dass seine Hüftknochen und Knie spitz herausstehen und sein bleicher Rücken mit Leberflecken übersät ist.

Sie hat ihn kennengelernt, als er schon vollendet war, als er den Eindruck erweckte, vollendet zu sein. Er war vierunddreißig. Er hatte einen weißen Kittel an, aus dessen Brusttasche eine Reihe Stifte hervorschaute. Internist, Immunologe, interessiert an Formen der Selbstzerstörung des Körpers. Er hatte einen Beruf, er hatte ein Leben, er hatte einen Backenbart, der nicht pubertär oder flippig war, sondern perfekt zu seinem Gesicht und seinem verhältnismäßig adretten Haarschnitt passte. Er hatte eine Eigentumswohnung. Sie stellt sich vor, sie hätte ihn schon gekannt, als er zehn war, bevor er diesen ausgeprägten Adamsapfel bekam, als sich sein Körper noch auf dem Weg zu der Größe befand, die in ihm angelegt war. Sie stellt sich vor, sie hätten als Kinder zusammen auf der Straße gespielt.

»Unvorstellbar, nicht?«

»Was?«

»Douwe und Sophie.«

»Hmmm.«

»Nicht?«

Er brummelt irgendwas vor sich hin.

»Ich finde das unvorstellbar.«

»Sieht aber doch ganz gut aus.«

»Findest du?«

»Du nicht?«

»Meinst du nicht, dass das was von Vater-Mutter-Kind-Spielen hat?«

»Ja, vielleicht.« Er richtet sich auf und schiebt die vollen Kartons Richtung Wintergarten.

»Was meinst du mit: Sieht ganz gut aus?« Bruch macht sich jetzt an die Oberschränke, räumt sie aus und türmt alles auf der Anrichte auf. So ausgebreitet scheint es viel mehr zu sein, als die Schränke jemals fassen könnten. Geordnet nehmen die Sachen sehr viel weniger Platz ein.

»Bruch? Was meinst du mit: Sieht ganz gut aus?«

»Wie ich's sage, sie scheinen glücklich zu sein, es sieht nicht so aus, als seien sie irgendwo stecken geblieben. Ich hab nicht genug Kartons.« Er geht nach oben.

»Ich finde es kindisch!« Er kommt die Treppe herunter, bleibt auf der untersten Stufe stehen und sieht sie an, mit einem missbilligenden, fast tadelnden Blick. Sie wiederholt ihre Worte. Er stellt die Kartons ab. »Ich finde das unerwachsen! Mir ist das suspekt. Warum sollte man bei seinem Sandkastenfreund und im Dorf bleiben? Da nimmt man das Leben doch gar nicht ernst. Zumindest ist man überhaupt nicht daran interessiert, mal was zu erleben, oder?«

»Wer sagt denn, dass sie nichts erleben? Vielleicht erleben sie mehr als wir. Vielleicht gerade sie. Was ist denn Glück?«

»Stillstand etwa?«

»Also weil du eine Reihe von Freunden hattest, bevor du mir begegnet bist, hast du etwas erlebt, hast das Leben ausgekostet, hast daraus gelernt, bist erwachsen geworden?« Sein Gesichtsausdruck ist unverhohlen spöttisch. Sie denkt an die Phase, in der sie mit ihrem Bruder zusammen Heroin geraucht hat. Als Freizeitdroge. Etwas, das man niemals machen würde, wenn man mit seinem Schulfreund verheiratet war. Erst als sie entdeckte, dass ihr Bruder auch ohne sie Drogen nahm, dass er süchtig war, dass sie nur als Alibi diente, als sein Schutzschild, wurde ihr klar, auf welchen Abgrund sie sich zubewegten. Sie verriet Jacob, schaltete ihren anderen Bruder Viktor ein und rief seinen Hausarzt an.

»Und sie nicht.«

»Was sie nicht?«

»Sie sind nicht erwachsen, weil sie sich kennenlernten, als sie drei waren, ja?«

»Ja.«

»Du liebe Güte, El, wer führt sich denn hier jetzt kindisch auf?«

»Ich finde das einfach komisch! So symbiotisch.«

»Symbiotisch ist doch was Gutes, oder? In Beziehungen.«

»Ernsthaft.«

»Ich meine es ernst.«

»Glaubst du, dass sie sich besser kennen, als wir uns kennen?«

»Ja.«

»Aber es kann auch sein, dass man sich, gerade weil man die ganze Zeit zusammengluckt, gar nicht wahrnimmt, oder?«

»Ja.«

»Wenn man keinerlei Ansichten entwickelt hat, ohne den anderen dabei im Blick zu haben.«

»Ja, ja.« Er seufzt.

»Warum denkst du, dass sie sich besser kennen als wir uns?«

»Sie kennen die Familie, aus der der andere kommt, einer kennt die Eltern des anderen, was weiß ich. Sie wissen, welchen Rang der andere früher auf dem Schulhof hatte.«

»Das weiß ich auch von dir.«

Bruch sieht sie an.

»Nicht wirklich der Anführer, scheinbar gleichgültig, aber trotzdem tonangebend.«

Er lacht.

»Und?«

»Wenn ich jetzt ja sage, ist es dann wahr?«, fragt er.

»Soll ich dir mal mein Elternhaus zeigen? Sollen wir nach Groningen fahren, damit ich dir zeigen kann, mit welcher Aussicht ich aufgewachsen bin?«

»Das wäre nett.«

»Nett?«

»Interessant. Gern.«

»Glaubst du, dass du mich dann besser kennenlernst? Glaubst du, man kann sich nach zwölf Jahren noch besser kennenlernen?«

»Ja, natürlich.«

»Willst du das?«

»Ja. Warum nicht?«

»Ich war ein unglückliches Kind.«

»Ja, das weiß ich.«

»Glaubst du, es würde helfen, wenn ich dir noch genauer erzähle, wie unglücklich ich war?«

»Bei was helfen?«

»Mich besser kennenzulernen.«

»Sind wir jetzt in irgendeinem Projekt gelandet, Emilia? Einem Projekt, in dem ich dich besser kennenlerne?«

Bedauern bringt einen um, sagte ihr Vater. Sie hasste ihn für diesen Satz. Er bedauerte in ihrem Beisein die Vergangenheit, ignorierte sie dabei, ertränkte in diesem Bedauern jede Möglichkeit der Annäherung oder Besserung. Aber jetzt spürt sie, wie sie selbst die gleiche klamme Unruhe beschleicht. Sie hat ihre Chancen verpasst. Nach zwölf Jahren ist man für die Geheimnisse des anderen nicht mehr so empfänglich wie am Anfang. In der ersten Zeit damals veranlasste sie jede Einzelheit, die Bruch ihr erzählte, zu stundenlangem Sinnieren und Spekulieren über die Art seiner Gedanken und Gefühle, die Geheimnisse seines Charakters, die Details der Ewigkeit von vierunddreißig Jahren Leben vor ihr. Bei jeder Neuigkeit, die er ihr über sich erzählte, wurde alles wieder auf den Kopf gestellt, und sie ordnete Informationen um, füllte Lücken aus und setzte sich ein Bild zusammen, das ihr mit jeder weiteren Version begehrenswerter vorkam. Die Art, wie man jemanden kennenlernt, wenn man verliebt ist, dieses grenzenlose Interesse an Einzelheiten und Trivialitäten ist nicht wiederholbar.

»Vielleicht«, sagt er, während er vor ihr steht und die Fäuste auf den Tisch stützt, »vielleicht führen Douwe und Sophie ja ein ganz ähnliches Gespräch über uns. Sie finden es vielleicht abartig, wie alt wir waren, als wir uns ineinander verliebt haben. Und glauben, dass das niemals echt sein kann.«

»Und denken, dass wir Torschlusspanik hatten.«

»Angst davor, allein sitzen zu bleiben.«

»Vielleicht glauben sie nicht, dass ich drei Monate nachdenken musste.«

»Wer tut das schon?« Er sieht ihr in die Augen. Der Moment dauert ewig. Dann richtet er sich endlich auf und wendet sich ab.

»Ich mach das morgen fertig.«

»Tu das«, sagt sie.

5

Während ihres Soziologiestudiums hatte Emilia der Idealismus der Statistiker des neunzehnten Jahrhunderts ergriffen. Sie war begeistert von dem Belgier Adolphe Quetelet, der die Statistik in die Geisteswissenschaften einführte. Ihn bekümmerte, was er sah. Und er war überzeugt, dass man mit Hilfe zusammengetragenen Zahlenmaterials das nötige Wissen erlangen könne, um die Welt zu verbessern. Er zeichnete alles Mögliche auf: in welchem Alter Menschen am ehesten geneigt sind, kriminell zu werden, in welchen Monaten überdurchschnittlich viele Menschen sterben, in welcher Relation die Wohnverhältnisse zum Alkoholismus stehen und so weiter. Er prägte den Terminus des *homme moyen*, des »mittleren« Menschen, und versuchte, für diesen mittleren Menschen die idealen Lebensumstände zu entwerfen – und Emilia ließ sich von seinen Auffassungen anstecken. Sie machte Quetelet zu ihrem Examensthema und vertiefte sich in die Frage, inwiefern die Bezifferung der Wirklichkeit zu den richtigen Maßnahmen führen könnte. Sie interessierte sich auch für die Frage, welche Rolle Zahlen heutzutage für das Verständnis, aber auch für die Verschleierung von Sachverhalten spielten. Wann bezifferte die Statistik wirklich die Realität? Vertreter der herrschenden Politik veranlassten die Zusammenstellung von Daten, die längst getroffene Entscheidungen untermauern sollten. Die eine Untersuchung wurde ignoriert, die andere aufgebauscht. Sogenannte Fakten, die durch neuere Untersuchungen längst widerlegt waren, tauchten dennoch immer wieder überall auf. Unzählige Untersuchungen wurden auf Betreiben wirtschaftlicher Interessensgruppen angestellt. Noch vor Abschluss ihres Studiums zog sie mit drei befreundeten Kommilitonen sos, kurz für *Systematische Offenlegung von Statistiken*, auf. Sie gingen den Zahlen hinter Nachrichtenmeldungen nach und veröffentlichten Statistiken und Artikel, die einen anderen Blick auf die Fakten boten. Generell bemühten sie sich darum, die vermeintliche Eindeutigkeit der Zahlen zu relativieren, indem sie sichtbar machten, welche Rolle dabei die Wahl eines bestimmten Modells oder die Definition einer spezifischen Gruppe spielten – also indem sie darlegten, dass die Normalverteilung nicht naturgegeben ist, sondern eine Konstruktion.

Sie wurden von politischen Entscheidungsträgern, Anwälten, Wissenschaftsredaktionen und Produktentwicklern angeheuert. Sie saßen in einer Kellerwohnung im Zentrum von Amsterdam und lasen und schrieben und rechneten und interpretierten. Martijn war der große Arithmetiker. Eddy der Mann, der das Wort führte und sie nach außen vertrat. Josepha spezialisierte sich auf die Nahrungsmittelbranche. Emilia hatte eine Nase für aktuelle Themen und stieß eigene Veröffentlichungen an.

Sie hatten ursprünglich beschlossen, lieber selektiv zu bleiben, als sich zu vergrößern, doch das Thema stand regelmäßig wieder auf der Tagesordnung. Sie könnten Leute einstellen, die sich mit Untersuchungen befassten, welche sie jetzt ablehnten, dann könnten sie selbst weiterhin ihren eigenen Interessen nachgehen und würden viel mehr verdienen. In dem Sommer, als sie Bruch kennenlernte, hatten sie hitzige Diskussionen darüber. Josepha und Eddy waren meistens dafür, Martijn und Emilia meistens nicht. Martijn, weil er menschenscheu war und überhaupt nicht an Geld interessiert. Emilia, weil ihr davor grauste, wenn aus einer Runde von Freunden, die Detektiv spielten, etwas Seriöses wurde, etwas mit Rentenversicherungsbeiträgen und Vorstellungsgesprächen. Zudem war sie insgeheim davon überzeugt, dass das Leben, das sie jetzt führte, eigentlich nicht sonderlich geeignet für sie war, und deshalb wollte sie es nicht noch fester verankern. Dabei schwangen ständig Ausbruchsphantasien mit. Sie malte sich ein anonymes Dasein in New York, Berlin oder notfalls Moskau aus. In dem Sommer, als sie mit Bruch durch die Stadt spazierte, sah sie sich nach Forschungsstellen im Ausland um.

An dem Tag Mitte August, als sie sich zum letzten Mal mit Bruch getroffen hatte, dem Tag vor der Nacht, als sie in ihrem Apartment misshandelt wurde, begann für sie ein kurzer Urlaub, sie hatte zehn Tage frei. Über diese Atempause war sie am Tag danach nur froh. Als die erste schlimme Woche vorüber war, tischte sie ihren Kollegen eine abgeschwächte Version auf, erzählte, sie sei zusammengeschlagen worden, es gehe ihr aber sonst gut. Sie blieb nach ihrem Urlaub noch einige Wochen zu Hause. Eddy brachte ihr Arbeit vorbei, immer begleitet von einer Flasche Wein oder etwas, das sie mit ihrem Kiefer noch unmöglich essen konnte.

Nach zehn Wochen waren alle ihre sichtbaren Verletzungen verheilt. Sie hatte abgenommen, fand aber, dass ihr das gut stand. Sie zog ein kurzes blaues Kleid an, wand ein Tuch ins Haar und machte sich zu Fuß auf den Weg, einen Weg, den sie mit Bruch gegangen war. Das Tageslicht war sehr hell, aber so herrlich, als reinige es sie, helfe, die harte Schale, die sich um sie herum gebildet hatte, wieder abzulösen. Sie kam an einer Bank vorbei, auf der sie mit ihm gesessen hatte, einer Ampel, an der sie gewartet hatten, einer Wandmalerei, die sie sich zusammen angesehen hatten. Sie verlangsamte ihre Schritte erst, als sie durch den Park lief. Es nieselte ein wenig, doch die Feuchtigkeit brachte die vielen verschiedenen Grüntöne zum Glänzen, und hin und wieder schob sich ein blasser Sonnenstrahl durch die Wolken, der in den Pfützen auf dem gewundenen Spazierweg glitzerte. Es war eine Pracht. Perfekt für ihr Comeback, dachte sie, kurz bevor sie fast von einem Radfahrer gestreift wurde, der sie als Mongo beschimpfte.

Das Liebfrauen-Krankenhaus erwartete sie wie eh und je gegenüber vom Park. Sie überquerte die Straße, passierte die Raucher, manche mit Infusionsständern neben sich, und ging hinein.

Als ob Bruch hier immer rumlaufen würde, gerade auf dem Weg in die Pause!, dachte sie, als sie verloren dastand, inmitten der Lahmen und Siechen und Schwangeren, inmitten von Besuchern und Krankenhauspersonal, inmitten des Rumorens all dieser Leben, all dieser fortgesetzten Leben, all dieser Menschen. Als ob sie die frühere Begegnung hier einfach wiederholen könnten! Sie folgte den Schildern Richtung Toilette und schlüpfte hinein. Sie hatte sich zurechtgelegt, dass sie sagen würde, sie habe nachdenken müssen, und das habe sich unglücklich mit ihrem Urlaub überschnitten, und dann sei sie auch noch krank geworden. Aber das kam ihr jetzt alles sehr unglaubwürdig vor. Die Aussicht auf ihr Wiedersehen und die feste Überzeugung, dass sie erst wiederhergestellt sein musste, bevor sie sich erneut mit ihm treffen konnte, hatten sie auf den Beinen gehalten. Hatten ihr ein Ziel gegeben. Sie war aus ihrem Leben herausgeschleudert worden und brauchte Zeit für den Weg zurück. Die Phase, in der ihre Verletzungen verheilten, war nicht irgendeine Phase gewesen, sondern eine Auszeit, eine Zäsur, nach der ihr Leben weitergehen würde. Aber wie hatte sie bloß denken können, dass in diesen Wochen auch für Bruch die Zeit stehengeblieben war? Sie dachte an seine Stimme auf dem Anrufbeantworter. Wie hatte sie in all diesen stillen Wochen, in denen sie kaum etwas anderes getan hatte als zu schlafen und zu warten, so dumm sein können, sich darüber keine Gedanken zu machen?

Sie ergriff die Flucht, die Flucht vor ihrer Dummheit, vor dem naiven Gedanken, dass es so einfach sein würde. Fluchend und mit den Tränen kämpfend lief sie durch den Park. Stieg in die falsche Straßenbahn, stieg wieder aus und ging zu Fuß weiter. Der Himmel hatte sich zu einer geschlossenen Decke zugezogen, es war Herbst, es war kalt, die Stadt und alle Passanten kamen ihr feindselig vor. Bei ihrer Haustür angelangt, schaute sie sich um. Weil sich jemand näherte, öffnete sie die Tür nicht, sondern wartete ab. Es dauerte ewig. Als sie endlich drinnen war, rannte sie die Treppe zu ihrem Apartment hinauf, öffnete die Tür, schloss hinter sich ab und kickte ihre Schuhe weg. Sie legte sich ins Bett. Er hatte bestimmt eine andere, würde sie gar nicht wiedererkennen. Vielleicht hatte sie das Ganze überbewertet, verklärt, verdreht, umgeschrieben? Was war denn schon zwischen ihnen gewesen?

Abends rief sie ihn an. In der Stille, die eintrat, nachdem sie ihren Namen genannt hatte, nahm ihr Mut allmählich wieder zu.

»Wo waren wir noch gleich verblieben?«, fragte sie so fröhlich wie möglich.

»Bei einer ohrenbetäubenden Stille.«

»Nein, nein, kurz davor«, sagte sie.

Er gab ihr seine Adresse, und sie fuhr mit dem Rad zu ihm hin. Unterwegs stellte sie sich vor, wie er sie anfassen würde. Aber sie wusste nicht mehr, ob sie das überhaupt wollte. Und auch nicht, ob sie es ertragen würde.

Er war weniger groß, als sie ihn in Erinnerung hatte. Er trug ein dunkelviolettes Poloshirt, zwischen den Kragenspitzen sah sie die Haut seiner Brust. Sie fragte sich, ob er dieses Hemd wohl erst nach ihrem Telefongespräch angezogen hatte.

»Da bist du also.«

»Ja.« Er wandte sich ab. Sie folgte ihm langsam in die Wohnung, die er ihr bisher nur beschrieben hatte. Sie erkannte sie teilweise. Es war eine geräumige Wohnung. Schmucker, farbenfroher auch, als sie erwartet hätte. Er besaß ein Sofa. An den Wänden hingen gerahmte Bilder. Ob er sich mit dem Ausbleiben einer Erklärung abfinden würde? Unbehaglich stand sie mitten in seinem Wohnzimmer. Sie zog die Schuhe aus. Er machte Klaviermusik an. Sie malte mit den Zehenspitzen Kreise auf dem glatten Fußboden. Er goss ihr ein Glas Wein ein. Dann stellten sie sich ans Fenster, das einen Spaltbreit geöffnet war und die Herbstluft hereinließ, und blickten auf die Straße hinunter. So gut kannten sie sich nicht. Wie oft hatten sie sich gesehen? Sechs, sieben Mal? Warum sollte sie ihm eigentlich eine Erklärung schuldig sein? Nach welchem Gesetz, dem sie sich nicht entziehen könnten?

»Hast du frei?«

»Drei Tage«, antwortete er. Stille.

»Pläne?«

»Nicht wirklich.«

»Gute Aussichten.«

»Findest du?«

»Vielleicht. Ja. Ganz gut. Oder nicht?« Es war wieder eine Weile still.

»Du siehst anders aus«, sagte er, ohne sie anzusehen. Und dann schlug seine Sprödigkeit, wie durch diesen Satz aktiviert, plötzlich in Besorgnis um, und er fasste sie bei den Schultern. »Ist alles in Ordnung mit dir?« Er sah sie so zärtlich an, dass sie kaum noch Luft zu holen wagte. Sie stellte ihr Glas behutsam auf der Fensterbank ab. Küsste ihn, um seinen Blick loszuwerden. Als sie die Augen schloss, sah sie das Gesicht ihres Belästigers, diesen Blick voller Hass und Abscheu, der zu sagen schien, dass sie es war, die ihm das antat, dass sie es war, die *ihm* wehtat. Während Bruchs Zunge langsam um die ihre kreiste, sah sie den speichelnden Mund, der sie beschimpfte. Während sie Bruchs Hände über ihren Rücken abwärts gleiten fühlte, sah sie die dicken Hände, grau in ihrer Erinnerung, die zudrückten und auf sie einschlugen. Sie wünschte, sie würde sich in diesem Moment auflösen und ihre Erinnerung an jene Nacht würde explodieren und zersplittern. Und vielleicht passierte genau das, aber jeder einzelne Splitter durchbohrte den Moment. Während sie Bruch küsste, stand sie in einem Regen aus schillernden kleinen Fetzen Schmerz und Todesangst. Sie dachte an Simone de Beauvoir, die beschrieben hatte, wie sich die unkomplizierte Sexualität eines jungen Mädchens beim Sex mit einem Mann in erzwungene Unterwerfung verkehrt, und sie versuchte, diesen Gedanken wieder aus ihrem Kopf zu vertreiben, weil das nichts damit zu tun hatte; nicht jede Umarmung eines Mannes war eine Spielart der Vergewaltigung. Das jetzt sollte ja gerade ihre Revanche für die Entehrung sein, die Rückeroberung. Das war ihre Chance, er sollte jeden Zentimeter ihres Körpers, der geschändet worden war, berühren, sie würde ihm jeden Zentimeter ihres Körpers gestatten, ohne Vorsicht, Vorsicht würde ihrem Verstand zu viel Gelegenheit geben, alle diese Handlungen für immer und ewig mit dem Damals zu verbinden.

Sie zog sich das Kleid über den Kopf, entledigte sich auch ihrer restlichen Sachen, spürte, welche Hitze sie abstrahlte, spürte, dass er diese Hitze spürte. Langsam und gewissenhaft knöpfte sie den violetten Stoff von seinem Leib. Keine Eile, es hatte keine Eile, Hauptsache, die Handlung griff ihren Gedanken vor, nur das war wichtig.

Ein Windstoß ließ das Fenster aufschwingen. Er schloss und verriegelte es. Dann zog er seine Schuhe aus, seine Hose. Wenn ich das hier kann, kann ich alles, dachte sie, und sie konzentrierte sich auf jedes Atom Energie in ihrem Körper. Sie dachte an sein Fachgebiet, die Immunologie. Wenn mir das hier nicht gelingt, habe ich verloren, dann ist meine Geschichte eine Autoimmunkrankheit, die mich zerstören wird. Zu ihrem eigenen Entsetzen musste sie an Dr. Phil denken und die Auffassung, dass vergewaltigte Frauen ein für alle Mal *entzwei* seien, sie musste an die Leute in solchen Fernsehsendungen denken, die die Gültigkeit psychologischer Klischees allein deswegen bewiesen, weil sie diese vorher schon gekannt und als richtungsweisend aufgefasst hatten. Sie dachte an die Glockenkurve, deren Form an eine schützende Glasglocke erinnerte, die aber auch ein Gefängnis der Durchschnittlichkeit war.

Er zog sie in sein Schlafzimmer, und sie registrierte den Geruch frischer Bettwäsche und das Prasseln des Regens auf dem schrägen Dachfenster. Er war viel dünner, als sie gedacht hatte. Sie legte sich auf ihn und versuchte, mit ihrer Haut möglichst viel von seiner Haut zu berühren. Betrachtete seine Augenbrauen und seine Nasenflügel, sein Haar und wie es sein Gesicht einrahmte, seinen Mund, wie breit, wie weich, wie rosafarben er war, die Haut seines Halses, seine Schultern, und, als er seine Arme hinter dem Kopf faltete, die tiefen Höhlen seiner Achseln mit den nassen schwarzen Haaren, die in vollendet gekringelten Büscheln an seiner Haut klebten. Sie stemmte sich hoch und nahm ihn in sich auf, und danach blieb sie liegen, regungslos, und keiner von ihnen bewegte sich, und sie fühlte das Pulsieren ihrer beider Blut, und noch immer waren da Erinnerungssplitter, Wahrnehmungen, die an Boden zu gewinnen versuchten, über ihre Körperinnenseite, die sie noch nie so bewusst gespürt hatte wie in jenem Moment, als sie verletzt wurde. Seine Lippen stülpten sich ein paar Mal vor wie bei einem Fisch oder einem Kind, sie sah direkt unterhalb seines Wangenknochens einen Muskel zucken, und dann bewegten sie sich, zuerst nur sie, und dann beide gemeinsam. Sie vermied es, an Worte zu denken, die betonten, wie banal das war, was sie machten, Worte, die sie früher erregt hatten, und sie dachte: Alles ist beschmutzt, alles außer den Dingen selbst, ich kann neu anfangen. Es fühlte sich an, als sei da etwas, das Tastsinn und Intuition verband, eine Art neuer Sinn, ein Reinheitsdetektor. Dieser Gedanke, der von ihrer latenten Selbstzensur als hochtrabend eingestuft wurde, machte sie ganz schwach, und sie glaubte, weinen zu müssen, aber sie riss sich zusammen, befahl sich selbst zurück in ihre Nervenendigungen, in ihre Blutgefäße. Er schwebte über ihr. Wie kann es sein, dass er sich so vollkommen auf mich einstellen kann, dass er nicht redet? Sie war einmal von einer Frau massiert worden, die sagte, sie solle sich vorstellen, sie sei eine Wasserpflanze und die Hände, die sie massierten, das Meer. Die Redewendung »Sie ist wieder ganz die Alte« kam ihr in den Sinn. Aber es war viel besser, eine Neue zu werden. Bruch sah so jung aus, wie ein Junge, und er war so echt, echter als ihre Gedanken, dachte sie. Seine Schultern glänzten, und immer noch prasselte der Regen aufs Dachfenster. Sie zog ihn zu sich herab, sodass sie sein Gewicht auf sich spürte. Er legte die Hände an ihre Wangen.

6

Sie sind zu zweit. Ihr weißer Lieferwagen steht auf ihrem Parkplatz, als sie die Jungs weggebracht hat und nach Hause zurückkehrt. Sie tragen Werkzeugkästen und eine Hobelbank nach drinnen. Danach sitzen sie, die Zeichnungen vor sich, am Tisch, sehen sie sich aber nicht an. Schweigend trinken sie ihren Kaffee. Man braucht sich nicht groß auszutauschen. Sie wissen schon Bescheid. Emilia fragt, ob sie zu Hause bleiben muss. Sie glaubt nicht, dass sie arbeiten kann, solange die Männer im Haus sind. Sie schütteln den Kopf. Sie fragt, wo sie anfangen werden. Oben, sagt der ältere, der mit dem aufgedunsenen Gesicht, immer oben anfangen. Er zwinkert ihr zu, während er das sagt. Es fängt an zu regnen.

Seit sie hierhergezogen sind, arbeitet sie zu Hause. Alle zwei Wochen fährt sie nach Amsterdam, um sich mit den anderen abzustimmen, und arbeitet dann einen Tag oder auch zwei im Büro dort. Sie sind inzwischen zu neunt und haben größere Räume am Singel bezogen. Eddy wurde zum Geschäftsführer ernannt. Martijn ist gegangen und arbeitet jetzt bei einer Versicherungsgesellschaft. Dort macht er nichts anderes mehr als komplexe Risikoberechnungen. Das hat Emilia und Eddy dazu angeregt, Martijn ein Büchlein über Risikominimierung und die Auswirkungen von Sicherheitsmaßnahmen auf die Sicherheit zu widmen und ihn damit aufzuziehen. Bei ihren Recherchen für das Buch fanden sie unter anderem heraus, dass die Sicherheitsbudgets einiger großer internationaler Unternehmen in unterschiedlichen Regionen eine extreme Bandbreite aufweisen. Kurz gesagt lief es darauf hinaus, dass die Festsetzung dieser Budgets auf rein rationalen Erwägungen beruhte: Wie groß ist die Wahrscheinlichkeit, dass eine Maßnahme Menschenleben rettet? Wie hoch ist der Preis für diese Maßnahme? Wie viel ist das Menschenleben wert? Der Wert eines Menschenlebens in Afrika wurde erheblich niedriger angesetzt als in Europa. Der Terminus *value of a statistical life* als ironischer Bezug zum *homme moyen* von Quetelet und das ängstliche Bemühen dieser Unternehmen, die Zahlen geheim zu halten, beflügelte sofort ihre Phantasie und stachelte ihren aktivistischen Elan tüchtig an. Sie hatten dem Ganzen mehrere Artikel gewidmet.

»Letztlich«, sagte Eddy vor etwa anderthalb Jahren, als sie eines Nachmittags allein im Büro übrig geblieben waren, auf Emilias Bemerkung, dass sein Engagement etwas sehr Anziehendes habe, »bin ich nichts anderes als eine Klappe voll Benzin auf der Suche nach Feuer.« Danach küsste er sie.

»Bah, Benzin«, tat sie neckisch und schob ihn weg. Aber er lachte nicht und legte die Hände auf ihre Brüste. Sein Blick hatte nun nichts Anziehendes mehr. Bedürftig war er, zwingend. Sie dachte an ein Nachbarmädchen von früher, fünf Jahre älter als sie, das ihr anvertraut hatte, Männer seien der Natur ausgeliefert, viel mehr als Frauen, und die Natur sei etwas Gefährliches. Sie dachte an die

Selbstverteidigungskurse, die die Mädchen an ihrer weiterführenden Schule erhalten hatten, nachdem am Radweg hinter der Schule ein Exhibitionist gesichtet worden war. Während sie lernten, wie sie jemandem einen Tritt verpassen oder den Finger ins Auge bohren mussten und wie sie sich aus verschiedenen Griffen befreien konnten, spielten die Jungs draußen.

»Lass das, Eddy.«

»Du bist verheiratet.«

»Unabhängig davon. Lass es. Ich will das nicht.« Er ließ sie los.

»Unabhängig davon?«

»Ich will es nicht deswegen nicht, weil ich verheiratet bin.«

»Ach nein?«

»Ach nein.«

»Weil es dir egal ist, dass du verheiratet bist?«

»Es hatte nichts damit zu tun, dass ich dich gebeten habe, mich loszulassen. Verstanden? Und jetzt Schluss damit!« Sie schob ihn von sich. Er setzte sich auf seinen Schreibtisch und sah nicht so aus, als hätte er es schon ganz aufgegeben.

»Führt ihr eine offene Ehe?«

»Bitte?«

»Schläft Bruch mit anderen? Krankenschwestern?«

»Keine Ahnung.«

»Ist dir das egal?« Sie schwieg. Dachte darüber nach. Stellte es sich vor. Sie konnte es sich nicht vorstellen. »Solltest du ihn das nicht mal fragen?«

»Nein.«

»Und du? Bist du treu?« Er legte den Kopf schief, kniff

die Augen halb zu und streckte den Arm nach ihr aus, wartete auf ihre Hand, wollte sie zu sich heranziehen. Die Haut seines Halses über dem karierten Oberhemd war rot und rau. Emilia wartete, bis er die Hand wieder sinken ließ. Eddy war mit Yildiz verheiratet, einer Frau, die immer Stöckelschuhe trug und nie ohne Lippenstift aus dem Haus ging. Eine Frau, die Struktur und Ehrgeiz in Eddys Leben gebracht hatte und die sich trotz der eigenen erfolgreichen Karriere als Juristin aufrichtig gern als die Frau des Geschäftsführers präsentierte, wenn sie mit Eddy irgendwo war. Yildiz war ein Mensch, mit dem Emilia nicht wirklich reden konnte, weil sie immer, wenn sie es versucht hatte, das Gefühl bekam, sie folgten dabei irgendeinem Drehbuch.

»Führt ihr denn eine offene Ehe?«

»Nein. Ganz und gar nicht. Wenn ich fremdgehen würde und sie dahinterkäme, würde sie mich achtkantig rauswerfen.« Er machte dabei ein sehr zufriedenes Gesicht. Jetzt ging ihr auch die Art, wie er »Krankenschwestern« gesagt hatte, gegen den Strich. Warum setzte er diese selbstgefällige Miene auf? Das war ein Spiel. Yildiz spielte die feurige Ehefrau, die ihn rauswerfen würde, wenn er sie betrog, und er spielte den Mann, der nun mal triebgesteuert war und einfach keine sich bietende Gelegenheit ungenutzt lassen konnte.

»Und wenn sie fremdgehen würde?«

»Genauso. Und ich würde den Kerl erbarmungslos zusammenschlagen.«

Eine Ehe war in sehr vielen Fällen nichts anderes als ein kindisches Rollenspiel.

Sie rast über die schmale Landstraße. Der Himmel ist grau und schwer, und der Regenvorhang, von den Scheibenwischern stetig weggepeitscht, verleiht auch der Landschaft eine monochrome Tönung. Es lohnt sich nicht mehr, zu sos zu fahren, dafür reicht die Zeit nicht. Vielleicht könnte sie ihre Anzeige von damals anfordern. Da sie nach dem einen Mal nie mehr irgendwem erzählt hat, wie das alles im Einzelnen abgelaufen ist, gibt es kein anderes Zeugnis, das den Fakten näher kommt, nichts, woran sie ihre Erinnerung besser messen könnte. Mit den Polizistinnen an ihrem Bett, mit der Detailliertheit, in der sie ihnen das Geschehen beschreiben musste, mit der Sprache, in der sie so wortwörtlich wie möglich aufschrieben, was Emilia erzählt hatte, aber mit einem Satzbau, der nicht der ihre war. Eine der Polizistinnen las ihr das Ganze zur Überprüfung vor. Mit hoher Stimme und Brabanter Akzent gab sie in der ersten Person Singular Emilias Geschichte wieder. Sie hatte kurz genickt und sich unter die dünne Krankenhausdecke verkrochen. Alles tat ihr weh. Wieso hatte sich dieser Typ wohl sie ausgesucht? Hatte das etwas mit ihr zu tun? Sie dachte an Bruch, wie er sie vorher beschrieben hatte, kurz bevor sie nach Hause ging. An seinen Blick. Sie stellte sich vor, dass er in seinem weißen Kittel an ihr Bett kommen würde und seine erste Bekanntschaft mit ihrem Körper in diesem Zustand stattfände. Ein Arzt, der nicht Bruch war, untersuchte mit raschem Blick und kalten Händen ihre Verletzungen. Er machte ein Gesicht, als interessierten sie ihn nicht sonderlich, und das empfand sie als beruhigend. Sie schlief ein. In dieser Woche im Krankenhaus träumte sie in einem fort von ihrer Kindheit. In den wachen Phasen erinnerte sie sich im Anschluss an diese Träume an längst Vergessenes. Kleinigkeiten, keine Höhepunkte oder Tiefpunkte. Das war vielleicht ein Ablenkungsmanöver ihrer Psyche, ein Mittel, um die Grausamkeit zu vergessen, die ihr widerfahren war, um ihre Wunden zu beruhigen, um etwas zu tun zu haben.

Ein älterer Mann in Uniform fragt, was er für sie tun kann.

»Wäre es möglich, eine Kopie von einer Anzeige anzufordern?«

»Wie ist Ihr Name?«

»O pardon, das ist eine ganz allgemeine Frage, rein theoretisch.«

»Theoretisch.«

»Ja.«

»Wie meinen Sie das?«

»Könnte ich theoretisch eine Kopie von einer Anzeige bekommen? Auch wenn ich die Anzeige nicht hier gemacht habe und es schon eine Weile her ist?« Sie ist zur nächstgelegenen Polizeidienststelle gefahren, in der Stadt, wo auch das Krankenhaus ist, in dem Bruch arbeitet, und wo das Kino ist, in das sie manchmal gehen.

»Im Prinzip bekommt jemand nur einmal eine Kopie von seiner oder ihrer Anzeige.«

»Aber wenn ich die verloren habe?«

»Kommt darauf an. Welches Delikt, warum Sie die Kopie haben wollen, wie viel Arbeit das für uns wäre.«

»Denn die Anzeige ist schon noch vorhanden? Sie ist nicht vernichtet worden?«

»Ich denke nicht. Wie lange ist es her, dass diese Anzeige erstattet wurde? Diese theoretische Anzeige.«

»Zwölf Jahre.«

»Einen Augenblick, ich muss mal eben nachfragen.« Er entfernt sich durch eine Pendeltür. Man hatte sie irgendwann angerufen, um ihr mitzuteilen, dass das Verfahren eingestellt würde, weil es in dem Fall keine weiteren Anknüpfungspunkte gebe, nichts, was sie voranbringen könnte. Der Anruf hatte sie total überfallen. Sie lebte schon mit Bruch zusammen, er saß auch im Raum, als sie den Anruf entgegennahm. Sie ging auf den Flur hinaus. Dort lehnte sie sich an die Wand und fixierte die Tür. Man sagte etwas von einer DNA-Datenbank, in die der Fall eingespeist worden sei, wenn also je irgendwer gefasst werden sollte, dessen DNA übereinstimmte, dann … Sie hatte fragen wollen, was man eigentlich unternommen habe, wie man denn gesucht habe, ob sie einen Bericht darüber erhalten könne. Wie sah es damit aus? Warum hatte sie nie wieder irgendetwas gehört, war sie nicht noch einmal befragt worden? Und jetzt gaben sie schon auf? Sie stellte sich vor, dass der Beamte den Anruf als etwas betrachtete, was er schnell hinter sich bringen musste, den leidigsten Moment seiner Woche. Vor ihm auf dem Schreibtisch lag wahrscheinlich eine ganze Liste von Opfern, die angerufen werden mussten. Manche wurden zornig, dann musste er sagen, dass er das verstehen könne, denn das funktionierte meistens besser als eine Erklärung. Sie hatte ihre Fragen runtergeschluckt, sich für den Anruf bedankt und aufgelegt. In einer Situation, in der man sich machtlos fühlt, sind Höflichkeit und Zurückhaltung die besten Waffen. Während Emilia auf den Empfangstresen aus Resopal starrt, auf dem das Logo »Die Polizei, dein Freund und Helfer« prangt, auf die Tür, durch die der Polizist verschwunden ist, und die Uhr darüber, die kurz nach halb elf anzeigt, denkt sie an ihre Mutter, die es in dieser Kunst bis zur Perfektion gebracht hatte. Von der Intimität und Intensität am Sterbebett eines geliebten Menschen, die ihr andere beschrieben hatten, war in ihrem Fall überhaupt keine Rede gewesen. Ihre Mutter hatte ihre ganze Angst und ihren ganzen Kummer für sich behalten.

»Weniger schwere Straftaten gehen gern mal im System verschütt. Theoretisch kann man eine Kopie bekommen, aber das macht einen Haufen Umstände. Bei Mord und dergleichen können Sie sich an die Kriminalpolizei wenden.« Und dergleichen. »Im Prinzip wird alles nach zehn Jahren aus dem aktiven System entfernt und archiviert, es sei denn natürlich, die Ermittlung läuft noch.«

Als hätte man einen Mord anzeigen können.

»Und müsste ich einen Grund angeben?«

»Das schon. Ja. Und Sie werden sich auch ausweisen müssen.«

»Was könnte ein triftiger Grund sein?«

»Keine Ahnung. Ich würde Ihnen raten, es einfach mal mit dem wirklichen Grund zu versuchen.« Sie bedankt sich bei ihm. Er scheint enttäuscht zu sein, dass sich die theoretische Frage nicht in etwas Konkretes verwandelt hat.

Er muss schon weit über sechzig sein. Vielleicht ist das heute sein letzter Arbeitstag vor der Rente, und in der Kantine hängen schon Girlanden für seine Abschiedsfeier.

Es kommt jemand herein, und der Polizist verlagert

sein professionelles Lächeln über ihre Schulter hinweg nach links hinten. Emilia bedankt sich noch einmal und verlässt dann schnell das Gebäude. In der Fußgängerzone, die aussieht wie alle Fußgängerzonen, betritt sie irgendein Geschäft, um sich zu verstecken. In einer Umkleidekabine probiert sie Sachen an, die genauso sind wie all die anderen Sachen, die sie schon besitzt. Sie kauft zwei Hosen und einen Regenschirm. Beim Bäcker holt sie sich ein Wurstbrötchen, das sie auf einer Plastikbank verspeist, die im Kreis mit anderen Bänken unter einer gigantischen, freudlos bleigrauen Schüssel aufgestellt ist. Die Schüssel ruht auf verschiedenfarbigen Pfeilern. Diese Schüssel auf diesen Pfeilern ist von irgendwem entworfen worden, denkt sie. Auf der Bank neben ihr sitzt eine Frau mit Kinderwagen. Emilia schaut auf das Gesicht des Babys unter dem weichen weißen Wollmützchen, höchstens ein paar Wochen ist es alt, noch ganz schrumpelig, noch ohne das Mollige, Rosige, das Babys später bekommen. Tränen sammeln sich hinten in ihrer Kehle. Sie versucht sie runterzuschlucken, schnäuzt sich die Nase mit der Papierserviette, die fettig ist von dem Brötchen. Über die Ränder der grauen Schüssel tropft als Kommentar das Wasser herab, um sich dann schäumend vor den überspülten Abflussgittern zu stauen.

7

Auf dem Schulhof stehen schon ein paar andere Mütter, die sich farbenfrohe Regenschirme über den Kopf halten. Sie reden übers Abnehmen. Es geht um langsame Kohlenhydrate und braunes Fettgewebe und wie gesund wir lebten, als wir noch Jäger und Sammler waren. Woher wollen sie das wissen? Emilias Kollegin Josepha hat Unmengen von Artikeln über Diäten geschrieben. Rationalität und Messbarkeit stehen dabei in keinem Verhältnis zum Eifer der Diäthaltenden und zu den Aussichten für die Industrie. Der Begriff BMI fällt, Body-Mass-Index, früher Quetelet-Index, ihr Quetelet, was illustriert, wie ein statistisches Instrument im Laufe der Zeit in falsche Hände geraten kann. Anfangs war das ein Index für den statistischen Vergleich von Populationen, also großen Menschengruppen, weshalb Körpergewicht und Quadrat der Körpergröße variierten. Verkommen vom Richtwert für Epidemiologen zur Munition für gute Vorsätze auf dem Schulhof.

»Gut sechs Kilo müssen noch runter«, ruft die Dünnste des Grüppchens in einem Ton, als sei das die Pointe ihres gerade erzählten Witzes.

»Oder man legt einen Dezimeter an Größe zu«, sagt Emilia, »das ginge natürlich auch.« Sie sehen sie wohlwollend an. Man kann es schon an den Maßeinheiten in der Definition sehen: Körpermasse (in Kilogramm), geteilt durch das Quadrat der Körpergröße (in Metern), im Nenner stehen also Quadratmeter. Für den theoretischen mittleren Menschen kein Problem, aber echte Menschen sind dreidimensional.

Sie geht mit Leo Eis essen. Unter dem Vordach des Imbisses sitzen sie auf der Bank. Leo ist still und zappelt mit den Beinen. Sie sollte ihn etwas fragen. Es ist eigenartig, dass er so still ist, denkt sie, aber sie findet es angenehm und fragt nichts. Die vorüberfahrenden Autos spritzen das Regenwasser aus dem Rinnstein auf den Gehweg, bis höchstens einen halben Meter von ihnen entfernt. Leo schaut auf seine Schuhspitzen und leckt an seiner Eisrakete. Von ihren beiden Kindern versteht sie ihn am wenigsten. Er hat eine ängstliche Natur, fordert viel Aufmerksamkeit und wirkt manchmal unglücklich und in sich gekehrt. Osip dagegen ist ein Ausbund an Fröhlichkeit und Spontaneität und spaziert unerschrocken in die Welt hinein. Osip hat auch immer besser in ihre Arme gepasst als Leo. Dieser Unterschied hat zwar keinen Einfluss auf die Tiefe ihrer Liebe, aber schon auf die Erreichbarkeit dieses Gefühls. Sie streicht Leo über die blonden Haare, um diesen Gedanken abzuschütteln.

»Schmeckt's?«

Er nickt.

»Was war das Schönste, das du heute erlebt hast?«

»Mit dir Eis essen.«

»In der Schule, meine ich.«

Er zieht die Schultern hoch.

»Na?«

»Nichts.«

»Und das Blödeste?«

»Auch nichts. Fahren wir jetzt nach Hause?«

»Ja. Wir fahren jetzt nach Hause.«

Unterwegs holen sie Osip von der Kita ab. Er kommt auf sie zugestürmt und schlingt die Ärmchen um ihren Hals. Die Lebenserwartung ihrer Kinder liegt bei über hundert Jahren. Und der Wert dieses statistischen Lebens wird auf mehr als zwei Millionen Euro beziffert. In einem Jahrhundert werden diese Jungen immer noch leben. Wenn es keinen Krieg gibt. Wenn sie nicht Soldat werden, Täter oder Opfer. Wenn es keine Umweltkatastrophen, Epidemien, Invasionen aus dem Weltraum gibt. Auch ohne Katastrophen bekommt sie einen Knoten im Bauch, wenn sie daran denkt, wie weit der Weg noch ist, bis sie erwachsen sind. Sie schnallt die beiden in ihren Sitzen auf der Rückbank an. Was meinte Bruch, als er sie gestern Abend, die Fäuste auf den Tisch gestützt, ansah und »Wer tut das schon?« sagte, als sie sich gefragt hatte, ob man ihr womöglich nicht glaubte, dass sie drei Monate lang nachdenken musste. Was denkt *er* eigentlich? Es ist komisch, dass sie all die Jahre nichts gesagt hat, aber wie komisch ist es eigentlich, dass er sie all die Jahre nichts gefragt hat?

Als die Jungs im Bett liegen, fängt sie doch noch an zu arbeiten. Seinen Verpflichtungen nachzukommen ist das am wenigsten komplizierte Mittel, dem Wahnsinnigwerden zu entgehen. Bruch ist nicht da. Er unterrichtet einmal die Woche in Maastricht und fährt meist schon am Tag davor dorthin.

Emilia redigiert den Beitrag eines Kollegen über Feinstaubmessungen. Das ganze Land und vor allem der westliche Ballungsraum liegen unter einer unsichtbaren Feinstaubdecke, von Autos ausgehustet und von Menschen eingeatmet, die langsam, aber sicher daran zugrunde gehen. Aber wie langsam? Eigentlich wird das überhaupt nicht gemessen, sondern nur anhand von Modellen bestimmt. Diese Modelle gehen von Annahmen aus, die an sich schon messbar sind und sich kontrollieren lassen. Der Artikel ist wie mindestens hundert andere aufgebaut, an denen sie im letzten Jahrzehnt gearbeitet hat, und sie befällt ein Gefühl tiefer Langeweile. Diese ganze Statistik kann ihr gestohlen bleiben.

Mit dem gleichen dumpfen Widerwillen liest sie im Dossier »Hochbegabt« etwas darüber, in welchem Ausmaß Form und Stil des Unterrichts dazu beitragen können, das Potenzial hochbegabter Kinder auszuschöpfen. Ihr kommt die Hauptaufgabe zu, den Bericht darüber zu schreiben, doch sie befindet sich noch in der Phase der Materialsammlung: Sie muss warten, bis ein Kollege alle relevanten Untersuchungen zusammengetragen hat. Zum Schluss öffnet sie ihr Dokument mit dem Arbeitstitel »Die Zielgruppe« – kein Auftrag und auch noch kein Verwendungszweck. Durch Aufträge wie den zu den Feinstaubmessungen oder den zur zahlenmäßigen Untermauerung des Nutzens individuellen Unterrichts für hochbegabte Kinder, der von Seiten einiger reicher, selbstgefälliger Privatleute kam, sind der finanzielle Spielraum und somit die Zeit dafür vorhanden, einen solchen Essay zu schreiben. So lautet jedenfalls Eddys Argumentation, wenn es wieder einmal Diskussionen darüber gibt, vor welchen Karren sie sich spannen lassen sollten und vor welchen nicht. Für Emilia ist dieser Artikel ihr Kommentar zu der Diskussion. Kommerzielle Auftraggeber wollen sowieso immer Zielgruppen bestimmen, damit sie diese systematisch mit Werbung bombardieren können. Aber eigentlich wollen alle immer Gruppen definieren. Sie selbst beschäftigt bei jeglichen statistischen Untersuchungen und vermeintlichen rechnerischen Wahrheiten die Frage: Was misst man und wen misst man? Und darüber hinaus: Was bedeutet das? Welche Einteilung in Gruppen vorgenommen wird, ist im Grunde Sache des Standpunkts. Ob man Daten über kriminelle Jugendliche nach ihrer ethnischen Zugehörigkeit klassifiziert oder beispielsweise nach ihrer sozialen und ökonomischen Schicht, verrät völlig unterschiedliche Standpunkte. Und dass Ärzte mit Lehrbuch unter dem Arm eine psychiatrische Diagnose stellen können, bedeutet lediglich, dass sie Symptome zuzuordnen wissen, aber nicht unbedingt, dass sie etwas davon verstehen, welche Ursachen eine Depression hat und wie sie zu beheben wäre.

8

Das Wasser scheint dicker zu sein als sonst und hat etwas Öliges. Sie schwimmt mit langen, gemächlichen Armzügen, die keine Anstrengung kosten. Wie ein Wassertier nutzt sie jeden Beinschlag dazu aus, ganz lange schwerelos durchs Wasser zu gleiten. Minutenlang ist sie schon unter Wasser, ohne Luft zu holen. Anfangs hat sie noch Pflanzen an ihren Beinen gespürt, doch jetzt schon länger nicht mehr. Ihr wird bewusst, dass sie Luft holen müsste und dass sie offenbar nicht mehr im Fluss ist, da sie nach links und nach rechts schwenkt, ohne ans Ufer zu gelangen. Sie muss in einem See sein oder einem Meer – wohinein mündet der Fluss eigentlich, wie lange schwimmt sie schon, und wo ist sie ins Wasser gegangen? Nicht im Garten, daran kann sie sich nicht erinnern. Als sie auftauchen will, merkt sie, wie tief sie unter Wasser ist. Oder taucht sie nicht auf, sondern ab? Sie hat die Orientierung verloren. Ihre Lunge ist leer, sie gerät in Panik. Wie konnte sie so dumm sein zu vergessen, dass sie atmen muss? Die Pflanzen sind auch wieder da. Störrische lange Schlinggewächse winden sich um ihre Beine, ihre Mitte, halten sie fest. Sie versucht sich loszureißen, zweifelt plötzlich daran, dass es überhaupt Pflanzen sind, sie hat eher das Gefühl, dass es eine Hand ist, die ihr Bein umklammert. Als sie den Mund öffnet, schwimmt ihr etwas hinein und weiter in den Rachen. Sie rudert mit den

Armen und strampelt mit den Beinen, sie erstickt. Dann öffnet sie die Augen. Das Betttuch ist um sie herumgewickelt. Sie tastet nach Bruch, aber er ist nicht da. Es ist halb drei. Sie konzentriert sich auf ihren Atem. Vielleicht kann sie Bruch anrufen. Damit alles wieder normal und alltäglich wird. Aber er schläft bestimmt und ist vielleicht verärgert, dass sie ihn weckt. Warum sollte sie ihn wecken? Es war doch nur ein Traum.

Sie geht zu Osip ins Zimmer und beobachtet, wie er schläft. Auf dem Rücken liegt er, die Arme nach oben. Totenstill, still wie der Tod. Sie macht sein Fenster zu. Dann schaut sie nach Leo. Er hat das Gesicht zur Wand gedreht, und sein Leib ist unter der Decke versteckt. Sie geht nach unten. Nimmt die Whiskyflasche vom Schrank, gießt sich ein Glas ein und setzt sich hinter dem Haus unter den Dachvorsprung, mit dem dichten Regen wie einem grauen Vorhang zwischen sich und dem Rest der Welt. Sie zündet sich eine Zigarette an und wählt die Nummer von Jacob.

»Was willst du?«

»Quatschen.«

»Quatschen.«

»Ja.«

Er war acht, als sie zur Welt kam. Später erzählte ihr Vater, dass Jacob wenig Interesse an dem neuen Baby gezeigt hätte, doch so gut wie alle ihre Erinnerungen an Zuwendung und Trost sind mit ihm verbunden. Er las Bücher über Kriegskunst und mittelalterliche Sekten und den Anfang des Lebens auf der Erde. Er wusste, dass der Jupiter ein Riesengasball ist. Körperlich kannte er keine Risiken. Radelte mit geschlossenen Augen.

»Warum schläfst du nicht?«

»Ich hab ja geschlafen. Bin aber aufgewacht.«

»Wo ist Bruch?«

»Ich hab geträumt, dass ich ertrinke.«

»Worin?«

»Spielt das eine Rolle?«

»Vielleicht.«

»Ich dachte, du glaubst nicht an Traumdeutung.«

»Als wenn das ein Glaube wäre.«

»Nicht?«

»Es ist eine Denkart. Kann immer etwas bringen.«

»Ich bin nicht an Selbsterforschung interessiert.«

Jacob lacht. Er lacht sie aus. Er glaubt ihr nicht. Oder er denkt, dass sie sich selbst etwas vormacht.

»Bruch ist in Maastricht. Hast du schon mal einen Patienten abgewiesen?«

»Ja.«

»Aus welchem Grund?«

»Ich bin Arzt. Ich bin für kranke Menschen da, Menschen, die leiden.«

»Jacob.«

»Elly.«

»Nichts. Lass. Was macht Viktor?« Viktor ist der Mittlere von ihnen dreien.

»Er ist jetzt mit einer Russin zusammen. Sie heißt Olga.«

»Echt? Wie lange schon?«

»Ein paar Monate.«

»Wo hat er sie kennengelernt?«

»In einer Kneipe.«

»Ach. Und?«

»Sie ist vierundzwanzig.«

»Und atemberaubend schön natürlich.«

»Natürlich.«

»Was macht sie?«

»Sie hat Kernphysik studiert.«

»Okay. Ich hab nichts gesagt. Und?«

»Und nichts. Viktor war blass, picklig, dürr wie eh und je. Es ist mir völlig unbegreiflich, wie er das hinkriegt.«

»Wie geht es Lieke?«

Jacob seufzt.

»Warum seufzt du, wenn ich das frage?«

»Ich hab nicht geseufzt.«

»Doch, du hast geseufzt.«

»Nein.«

»Als fändest du die Frage ätzend und zum Gähnen langweilig.«

»Weiß nicht. Es geht prima. Lieke ist Lieke.«

»Willst du nicht darüber sprechen, oder willst du nicht mit mir darüber sprechen? Schläft sie?«

»Ja, sie schläft. Es ist fast drei.«

»Bruch hat sie gesehen. Ich hab's verpasst.« Lieke ist Richterin und hatte an irgendeiner Diskussion in einer Talkshow teilgenommen. Das ist schon zwei Wochen her. Emilia ist froh, dass sie daran gedacht hat.

»Sie selbst war sehr unzufrieden damit. Sie fand sich hässlich und viel zu ernst.«

»Zum Glück ist Schönheit bei ihrer Arbeit kein ausschlaggebender Faktor und Ernst eher ein Plus.«

»Das hab ich auch gesagt!«

»Obwohl du hättest sagen müssen, dass sie in jeder Hinsicht toll war.«

»Scheint so.«

»Und hättest wissen müssen, dass Schönheit für jeden Menschen ausschlaggebend ist.«

»Ja.«

Sie schweigen.

»Welchen Patienten hast du zuletzt abgewiesen?«

»Eine Frau, weit über achtzig. Sie konnte sich überhaupt nicht an die ersten fünfzehn Jahre ihres Lebens erinnern. Kein einziges Bild, keine einzige Empfindung war haften geblieben. Sie war eine glückliche Frau, mit einem erfolgreichen Geschäftsimperium und einer großen Familie. Sie hatte keinerlei Probleme. Sie wollte nur nicht sterben, ohne zu wissen, was in diesen ersten fünfzehn Jahren passiert war.«

»Es wäre doch interessant gewesen, ihr zu helfen, oder?«

»Die Frau war sehr sympathisch.«

»Und sie hatte ein spannendes Anliegen.«

»Und es hätte keine Garantie gegeben, dass das, woran sie sich erinnern würde, der Wahrheit entspricht.«

»Gibt es denn eine Garantie, dass wahr ist, woran man sich erinnert, wenn man es nicht zuerst vergessen hatte?«

»Nein, überhaupt keine. Die meisten Kindheitserinnerungen, die wir haben, beruhen auf Erzählungen anderer. Fotos. Konstruktionen einer Geschichte.«

»Aber du kannst dich an Dinge erinnern.«

»Natürlich.«

»Dinge, die dem ähneln, was jemand anders von der gleichen Begebenheit erinnert.«

Als Viktor auch ausgezogen war, wohnte sie noch drei Jahre allein im Elternhaus. Ihre Mutter starb nach langer

Krankheit und auf scheußliche Art. Ihr Vater kam nicht aus seinem Zimmer, und wenn sie mal hineinschlüpfte, um zu sehen, was er machte, lag er auf dem Sofa und schlief. Er schlief. Und wenn er wach war, jammerte er. Er sagte, dass er sein Leben vergeudet habe. Dass er nicht wiedergutzumachende Fehler begangen habe. Dass er ihre Mutter betrogen habe. Dass er sie alle nicht genug geliebt habe. Er sprach in der Vergangenheitsform und erweckte nicht den Eindruck, dass es für ihn noch etwas außer der Retrospektive gab. Er wollte Vergebung von ihr oder Verständnis, oder vielleicht wollte er nicht einmal das. Für ihn gab es nichts mehr. Das sagte er zu ihr. Bedauern bringt einen um. Das sagte er auch. Sie zog aus, und damit wurde auch ihre Beziehung zu ihm seiner endlosen Liste von Fehlschlägen hinzugefügt. Viktor ging als Einziger noch hin und wieder nach Hause, er war immun gegen die Lethargie ihres Vaters, gegen die triste Atmosphäre im Haus, gegen die Leere der Landschaft. Er reparierte das eine oder andere für ihn und lenkte ihn ab. Bruch hat ihren Vater nie kennengelernt. Erwachsen zu werden war eine Befreiung, auszuziehen war eine Befreiung, mit ihrem Vater zu brechen war eine Befreiung, nie über ihn zu sprechen war ein Ausdruck von Freiheit.

»Und wenn diese Frau nun doch ein Problem hätte, wenn sie doch leiden würde?«

»Das würde die Sache ändern. Sie müsste aber schon einen Anknüpfungspunkt liefern. Und sei es nur ein Bild. Wenn sie ein Bild hätte, wäre das ein Anfang. Aber die Therapie wäre nicht darauf ausgerichtet, die Wahrheit herauszufinden.«

»Sondern …«

»Darauf, die Beschwerden zu lindern.«

Es ist still.

»Warum hast du gelacht, als ich sagte, dass ich nicht an Selbsterforschung interessiert bin?«

»Hab ich gelacht?«

»Hast du mich ausgelacht? Oder wolltest du damit sagen, dass du mir nicht glaubst?«

»Ich glaube dir nicht. Ich hab übrigens nicht gelacht.«

»Sind Intimität und Offenherzigkeit Synonyme, was meinst du?«

Er denkt kurz nach.

»Nein.«

»Was, wenn Lieke dir nie etwas erzählen würde?«

»Nie?«

»Nicht wirklich. Nichts Wesentliches.«

»Das würde ich, glaube ich, ziemlich langweilig finden.«

»Langweilig.«

»Ja.«

»Oh.«

»Emilchen.«

»Ich bin einfach hier hinten im Fluss ertrunken.«

»Ich komme zu dir, Samstag, oder Freitag.«

»Ist es so schlimm? Das geht übrigens nicht. Hier wird gerade umgebaut.«

»Dann komm doch zu mir. Was wird denn umgebaut?«

»Als wir hergezogen sind, als wir gerade erst hier wohnten, Jacob, wirkte ich da glücklich?«

»Vielleicht war das schon Glück. Ja. Damals fand ich das zwar nicht, aber wenn du es mich jetzt fragst.«

In jenen ersten Wochen, jenen ersten rauschhaften Wochen. Danach fing Bruch wieder an zu arbeiten, und sie war mit Leo allein. Leo war ein stilles Kind. Sie bewegte sich in Kreisen um ihn herum. Fühlte sich wie ein Tier, frei wie ein Tier, das nur seine Natur kennt und keine Verpflichtungen, keine Erwartungen, keine Ambitionen, kein Bedauern. Wenn jemand vorbeikam, oder wenn sie zu Bruch ging, um mit ihm zu Mittag zu essen, wenn sie im Ort Einkäufe machte oder einen Schwatz hielt, dann spielte sie einen Menschen, ein Individuum, dann war ihr daran gelegen zu demonstrieren, dass ihr Verstand, ihr Interesse an den großen Dingen und ihre weltlichen Begierden nicht nachgelassen hatten. Dann war ihr Kind eine Bereicherung und hatte an den Grundfesten nichts verändert. Doch wenn sie allein war, war sie ein Tier. Dann lag sie mit Leo im Wintergarten auf dem Sofa, leckte ihm nach dem Stillen das Gesicht ab, lief, seinen kleinen Leib in einem Tuch auf ihren Leib gebunden, am Wasser entlang und knurrte die Katze an.

»Als ich damals zu dir kam, fand ich das Haus furchtbar, zu klein, baufällig, mit diesem völlig verwilderten Garten. Ich war überzeugt, dass sich das überhaupt nicht reimte, dass es ein Fehler war, dass du in die Stadt gehörtest, weil du sonst … vereinsamen würdest. Dich einzig und allein auf Bruch zu verlassen … Ich fand das beängstigend. Ich traute ihm nicht. Ich dachte: Bruch sperrt dich in dieser Ruine ein. Als ich klingelte, rührtest du dich nicht. Ich versuchte, durch die staubigen und dreckigen Fenster reinzugucken, konnte aber nichts sehen. Dann lief ich ums Haus herum. Hinten auf den Fliesen lag Leo in seinem Korb. Er schrie. Ich rief nach dir, aber du warst nirgends. Ich ging ins Haus. Da war ein Riesenchaos. Ich meine nicht, weil es noch nicht eingerichtet war, sondern da türmte sich der Abwasch von Tagen auf der Spüle, und auf dem Fußboden lag ein Haufen schmutziger Wäsche. Ich ging die Treppe rauf. Du lagst im Bett. Du schliefst. Du hattest Leo nach draußen gestellt und schliefst.«

»Erzähl weiter.«

»Ich weckte dich, und du lächeltest ganz träge und lieb, fast wie ein Kind, wie das Kind, das du mal warst. Du hast dich gereckt und gestreckt und sagtest: Würdest du bitte Leo holen, er steht draußen vor der Tür. Ich dachte, es sei Verzweiflung, das Kindergeschrei und der Schlafmangel hätten dich verrückt gemacht und das alles übersteige deine Kräfte. Aber du schienst völlig zufrieden zu sein, und Leo auch, und ihr wirktet beide ganz ausgeruht. Ich half dir, die Küche aufzuräumen, und vielleicht war auch alles gar nicht so schlimm, vielleicht war es nur dieser Berg Geschirr und die Unordnung, die ich nun mal hasse, die für dich aber, solange ich dich kenne, ganz normal ist.«

»Bruch war weg. Irgendein Kongress im Ausland. Ich hatte das vergessen.«

»Und jetzt? Erinnerst du dich wieder?«

»Ich erinnere mich wieder, aber entspringt das nun meinem Gedächtnis oder meiner Vorstellungskraft?«

Sie zündet sich eine Zigarette an und gießt sich noch einen Whisky ein, den sie, den Telefonhörer zwischen Schulter und Kinn und die Zigarette im Mundwinkel, mit Wasser verdünnt. Sie geht wieder nach draußen, sitzt dort, wo Leos Korb in dieser Erzählung stand. Warum hatte sie ihn nach draußen gestellt?

»Rauchst du gerade?«

»Ja. Darf ich, Papi?«

»Ich dachte, du hättest aufgehört.«

»Ich rauche ja auch nicht. Nicht richtig. Ich paffe nur ab und zu eine. Das habe ich im Griff.« Sie sind still. Eine Fledermaus streift ihre Haare, sie will es erzählen, sagt aber nichts.

»Ich muss schlafen.«

»Ciao, Kleine.«

9

Sie schleppt sich in die Küche und versucht sich aufzurichten. Über der Spüle hängend, müht sie sich mit zitternden Händen, die kaum Kraft auszuüben vermögen, den Wasserhahn aufzudrehen. Es geht nicht. Irgendwie ist ihre eine Hand auch nicht in Ordnung. Mit dem Bein schiebt sie den Unterschrank auf. Hebelt mit dem Fuß einen großen Topf heraus und bugsiert diesen umgedreht vor die Spüle, sodass sie sich darauf stellen kann. Nun kann sie den Oberkörper auf die Arbeitsplatte legen, das Gewicht verlagern, damit der Topf nicht wegrutscht, und die Hand so um den Wasserhahn schließen, dass es ihr gelingt, ihn aufzubekommen. Sie lässt eine in Reichweite stehende gebrauchte Kaffeetasse volllaufen. Ihre Kehle ist so trocken, dass sie immer noch das Gefühl hat zu ersticken. Sie kann den Mund kaum öffnen, gießt sich das Wasser aber so gut es geht hinein, und es rinnt ihr das Kinn hinunter auf das, was von ihrem Hemd übrig ist. Sie stellt fest, dass ihr Unterkiefer schief steht. Als sie ihn vorsichtig betastet, bemerkt sie eine Schwellung an der linken Gesichtshälfte. Ihre Beine zittern unaufhörlich, und sie schafft es nicht, einen Schritt zu gehen. Vorsichtig, so vorsichtig es ein zitternder Körper vermag, lässt sie sich am Küchenschrank entlang wieder auf den Boden hinuntergleiten. Ihr Zähneklappern verursacht höllische Schmerzen im Kiefer, also strengt sie sich an, es abzustellen. Sie kriecht über den Fußboden zu dem kleinen Kühlschrank hinüber. Mit der weniger schmerzenden Hand zieht sie die vereiste Klappe vom Gefrierfach auf. Kein Eis, aber Tiefkühlspinat. Sie ruht sich eine Weile aus, mit dem Rücken gegen den Kühlschrank und der Packung Spinat auf ihrer linken Gesichtshälfte. Dann kriecht sie das kurze Stück ins Zimmer zurück. Zieht dort eine Decke aus dem Schrank und legt sich neben dem Bett auf den Fußboden. Sie keucht von der Anstrengung, die alle diese Handlungen sie gekostet haben. Stunden später erhebt sie sich. Es ist Tag. Der Spinat ist aufgetaut, und durch die Pappe suppt es grünlich heraus. Sie inspiziert ihre Beine, die voller Schürfwunden und blauer Flecken und geronnenem Blut sind, ebenso wie ihr Bauch und ihre Brüste. Die Innenseiten ihrer Schenkel sind gehäutet. Ihr Hals fühlt sich an wie ein einziger Bluterguss. Sie geht davon aus, dass ihr Kiefer gebrochen ist. Vorsichtig steht sie auf. Das Zittern ihrer Beine hat aufgehört, und sie kann laufen. Sie humpelt zur Dusche. Wäscht sich, auf dem Wannenboden sitzend. Das Wasser brennt in ihren Wunden. Wenn sie einen Krankenwagen ruft, wird man sie womöglich in das Krankenhaus bringen, in dem Bruch arbeitet. Besser, sie nimmt ein Taxi zu einem anderen Krankenhaus. Sie trinkt Wasser aus der Brause, aber davon wird ihr übel. Sie übergibt sich und trinkt erneut. Trocknet sich dann ab und zieht Jogginghose, Hemd und Pullover an. Zur Salzsäule erstarrt lauscht sie dem Läuten des Telefons und dann der Stimme Bruchs, der eine Nachricht auf Band spricht.

»Emilia? Schläfst du noch? Ich hatte eine ruhige Nacht. Ich hab an dich gedacht. Sehen wir uns heute Nachmittag? Rufst du mich an?«

Sie ruft die Taxizentrale an, aber ihre Stimme ist weg. Vor Schreck legt sie auf. Mehr als ein Flüstern kommt nicht aus ihrer Kehle. Ob ihre Stimmbänder kaputt sind? Kann das sein? Sie ruft noch einmal an und bestellt flüsternd ein Taxi. Dann wickelt sie sich einen Schal um den Hals, setzt eine Sonnenbrille auf und nimmt Geld aus ihrer Schreibtischschublade. Stufe für Stufe hangelt sie sich die Treppe hinunter zur Haustür. Ihre Rippen, ihre Schenkel und ihr Schambein haben Prellungen davongetragen.

Hinter der geschlossenen Haustür wartet sie, bis sie ein Hupen hört. In der geriffelten Scheibe werden Schultern und ein Kopf sichtbar. Mit großer Mühe bekommt sie die Tür auf. Der Taxifahrer sieht sie gar nicht an, sondern wendet sich gleich wieder zu seinem Wagen um. Das ist ihr nur recht. So zügig wie möglich geht sie hinter ihm her. Er wartet hinterm Lenkrad, bis sie eingestiegen ist. Sie will die Autotür zuziehen, aber ihre rechte Hand verweigert den Dienst. Vielleicht ist auch die gebrochen. Die Autotür scheint nicht richtig geschlossen zu sein, denn der Fahrer steigt aus, reißt sie auf und schlägt sie erneut zu. Emilia reicht ihm den Zettel, auf den sie »Lucas-Andreas-Krankenhaus« geschrieben hat. Auf dem Rücksitz schläft sie praktisch sofort ein. Wird auf einem rollenden Bett in einem Krankenhausflur wach. Später entdeckt sie, dass der Taxifahrer so frei war, sich das Geld, das ganze Geld, aus der Tasche ihrer Jogginghose zu fischen. Sie wird am Wartebereich vorbei in einen kleinen Raum gefahren. Die Pflegekraft hilft ihr, den Schal abzulegen, und zieht ihr die Schuhe aus. Ihrem Blick kann Emilia entnehmen, dass sie schrecklich aussehen muss. Kurz darauf kommt eine

Ärztin. Sie stellt Fragen und hilft ihr, sich auszuziehen. Ihre Wunden werden gesäubert, sie wird inwendig untersucht, es wird ein Abstrich gemacht, um Täterspuren sicherzustellen. Man sagt, es sei bedauerlich, dass sie geduscht habe. Sie bekommt Schmerzmittel, ein Antibiotikum und die Pille danach. Ein paar Stunden später beantwortet sie flüsternd die Fragen einer Kriminalbeamtin. Danach gibt man ihr eine Schlaftablette.

Am nächsten Tag wird ihr Kiefer operiert. Immer wieder fragt man sie, ob man nicht jemanden für sie anrufen soll. Jemanden, der sich um sie kümmern kann. Sie schüttelt den Kopf und bittet um eine Zeitung. Eine Woche lang bleibt sie im Krankenhaus. Dann darf sie nach Hause. Die Sommerhitze hat herbstlichem Regenwetter Platz gemacht. Die Pflegekraft sagt an der Tür gleich zweimal, sie dürfe ja nicht denken, dass es ihre eigene Schuld sei. Auf die Idee, das zu denken, war sie noch gar nicht gekommen. Sie knüllt ihre Anzeige in einen Abfalleimer.

Ihre blauen Flecken wandeln sich zu schmutzig gelbgrünen Flecken, und allmählich fühlt sich ihr Körper nicht mehr völlig zerschunden an. Sie hat noch eine Woche lang heftige Halsschmerzen, aber dann legen auch die sich. Sie schlürft lauwarme Suppe und Joghurt durch dicke Trinkhalme und trinkt Wasser. Schläft viel und ignoriert das Telefon. Denkt an Bruch. An den Abend, als er sie beschrieb. An seine Hände. An seinen Mund. Sie lauscht seiner Stimme auf dem Anrufbeantworter. Erst fröhlich, dann ungeduldig, dann zwingend und schließlich verzweifelt. Jacob ruft an. Auch ihn hat Bruch angerufen.

»Was wollte er?«

»Wissen, ob du noch lebst.«

»Echt?«

»Er fragte nach deiner Adresse. Als ich ihm die nicht geben wollte, fragte er, wann ich dich zuletzt gesehen oder gesprochen hätte.«

»Und was hast du gesagt?«

»Dass ihn das einen Dreck angehe.«

»Aha.«

»Er fragte, ob ich auch ganz sicher sei, dass du nicht tot bist. Er beschwor mich, nachzusehen, ob mit dir alles in Ordnung ist.«

»Und?«

»Das kann ich wohl besser dich fragen.«

»Nein, ich meine: Was hast du darauf gesagt?«

»Ich fragte ihn, wieso er denke, dass du tot sein könntest. Er sagte, du hättest ihn nicht zurückgerufen. Darauf fragte ich, ob ihm vielleicht mal der Gedanke gekommen sei, dass du einfach keine Lust hast, mit ihm zu sprechen, und was genau ihn zu der Annahme berechtige, dass das nicht sein könne. So ein Heini, ich fand das unglaublich!« Jacobs Stimme trieft von Missbilligung.

»Und?«

»Was?«

»Was sagte er?«

»Du klingst so merkwürdig. Deine Stimme klingt komisch.«

»Ich hab 'ne Halsentzündung.«

»Ach ja?«

»Ja.«

»Er sagte, er sei nicht verrückt, so wie ihr beim letzten Mal auseinandergegangen wärt, rechtfertige das nicht gerade, dass du jetzt ohne Erklärung unerreichbar seist.«

»Hm.«

»Hast du was mit diesem Typ?«

»Vielleicht.«

»Ganz schön besitzergreifend ist der.«

»Das ist er nicht, glaube ich.«

»Er ruft mich an, weil er dich nicht erreichen kann! Wir kennen uns nicht mal.«

»Ja.«

»Das findest du nicht besitzergreifend?«

»Lange Funkstille ...«

»Ja. Aber nicht endlos ... Denn du bist jedenfalls nicht tot.«

»Du kannst ihm sagen, dass alles in Ordnung ist, dass ich nachdenken muss, und dass das schon noch ein paar Wochen dauern kann.«

»Oder kenne ich ihn doch?«, fragt Jacob.

»Er war auf deinem Geburtstag.«

»Ist es dieser Arzt?«

»Welchen meinst du?«

»Diesen dünnen. Freund von Jan. Typ Sonntagsmaler. Bisschen komischer Kauz. Der?«

»Jaak, ich bin müde, ich leg auf.«

»Soll ich kommen und dich pflegen?«

»Nein, danke.«

»Ist irgendwas?«

»Ist schon vorbei. Ich möchte allein sein.«

»Okay, Elly. Wie du willst.«

»Gib ihm bitte nicht meine Adresse.«

»Natürlich nicht. El?«

»Ja.«

»Du weißt doch, dass ich ein ziemlich guter Krankenpfleger bin.«

»Bist du das?«

»Ich kann eine Suppe warm machen, vorlesen, eine raue Kehle mit was Alkoholischem ölen.« Und nach einer halben Minute Stille: »Bist du noch da?«

»Nein …«

»Ich komm kurz vorbei.«

»Ich geh jetzt schlafen.«

»Ich komm vorbei. Mit dir stimmt was nicht.«

»Wenn du kommst, mach ich nicht auf.«

»Wenn du nicht aufmachst, trete ich die Tür ein. Bist du noch da?«

»Nein.«

»Was machst du, wenn ich die Tür eintrete?«

»Jaak. Hör auf. Keine Lust. Okay? Hör auf.«

»In Schottland haben sie zu mir gesagt: Such dir was zum Hegen und Pflegen, einen Hund oder eine Zimmerpflanze.«

»Ich leg jetzt auf.«

»Emil?«

»Nein.«

»Gute Nacht.«

Ihre Einkäufe macht sie spätabends in einem Supermarkt, der bis in die Nacht hinein geöffnet hat. Sie liest und sieht fern. Stundenlang starrt sie auf die Straße unter ihrem Fenster hinunter. Touristen. Gruppen von Jugendlichen. Kinder an der Hand ihrer Eltern. Eltern an der Hand ihrer Kinder. Paare. Hand in Hand. Solche, die ständig

Zärtlichkeiten austauschen müssen. Und solche, die zwar Hand in Hand gehen, aber griesgrämig zu sein scheinen. Sie tut so, als wäre sie ein außerirdisches Wesen, das die Menschen von seinem Raumschiff aus studiert. Einmal glaubt sie, Bruch vorüberradeln zu sehen. Sie unterdrückt das Bedürfnis, Jacob anzurufen und ihn zu fragen, ob er ihre Nachricht weitergegeben hat. Er soll nicht wissen, dass das für sie von Bedeutung ist. Und wenn sie die Möglichkeit offenhalten will, Bruch wiederzusehen und die Chance zu wahren, dass es dort weitergeht, wo sie verblieben waren, muss sie ruhig abwarten und sich in den Schatten zurückziehen. Wenn Bruch wüsste, was ihr zugestoßen ist, wäre er besorgt. Er würde sich scheuen, sie anzufassen. Er würde sie schonen wollen. Er würde vorsichtig sein. Sie als Opfer behandeln. Nicht wagen, sich gehen zu lassen. Oder er würde sich verziehen, so schnell wie möglich so weit wie möglich von ihr weg. Das denkt sie, während sie, die Beine auf der Fensterbank, ihren Brei durch den Trinkhalm schlürft.

10

Sie hat nicht mehr als ein paar Stunden geschlafen, als Osip sie mit seinen molligen kleinen Händchen wachstreichelt.

»Ich bin hier.«

»Ich sehe dich.« Er kuschelt sich an sie und singt in ihre Haare hinein. Sie möchte schlafen. Es ist halb sieben. »Mama, Mama, Mama«, singt er ihr ins Ohr. Er legt sich auf sie drauf und knautscht ihr Gesicht zu komischen Fratzen. Soll sie Bruch mal nach seinen Erinnerungen an die ersten Wochen hier fragen? Oder besser nicht? Wenn Erinnerungen so unzuverlässig sind, was könnte seine Version dann anderes bewirken, als die ihre zu verderben, ohne dass man wüsste, was der Wahrheit entspricht. Dieser Whisky muss weg. Und sie muss aufstehen. Rechtzeitig fertig sein, bevor diese Kerle in ihren Arbeitsklamotten kommen, dieser Junge, der nie was sagt, und dieser Alte, der sie schmierig anguckt. Sie weiß, was er denkt. Vielleicht könnten sie wegfahren, bis hier alles fertig ist. Sie könnte mit den Jungs solange bei Jacob in Amsterdam bleiben. Könnte einen Babysitter anheuern, das müsste zu machen sein. Vielleicht kennt Josepha jemanden. Dann könnte sie im Büro arbeiten und abends ausgehen. Leute treffen. Diesem zermarternden Gedankenstrom entkommen, aus dieser Rille herauskommen, in der sie festhängt und dauernd an ihre Vergewaltigung und an den Bruch vom Anfang denken muss. An die Unumkehrbarkeit der Zeit, und dass sie nie mehr zu einem Früher zurück kann, nie mehr die Chance bekommen wird, alles anders zu machen: an jenem Abend nicht nach Hause zu gehen, ihren Belästiger nicht hereinzulassen. Oder wenigstens gleich danach jemanden anzurufen. Es Bruch zu erzählen. Ihren Vater zu besuchen und sich mit ihm auszusöhnen, bevor er den Verstand verliert. Sie kann nie mehr wieder jung sein. Lag Jacob richtig mit dem, was er dachte, ist sie vereinsamt? War es dumm, sich auf Bruch zu verlassen? War es ein Fehler, sich in die Isolation zurückzuziehen, die eine Familie darstellt, umso mehr, wenn man sich als Einheit in ein Haus wie dieses zurückzieht? Jetzt lassen sie sich eine teure Luxusküche einbauen und den Dachboden zu getrennten Zimmern ausbauen. Sie haben den Schuppen abgerissen. Von einem Experiment kann keine Rede mehr sein. Bruch fände es lachhaft, wenn sie das laut sagen würde. Für ihn war es nie ein Experiment. Bruch liebt die Natur, Bewegung, die Frische des frühen Morgens. Mit einem anderen Typ Frau, einer stabilen, sportlichen Frau wie Sophie, wäre er besser dran gewesen. Sie hat keinen Hehl aus ihrer Ablehnung gemacht, er hat mit seinem Missfallen hinter dem Berg gehalten. War es so? Kennt sie ihn? Sie weiß, was sie selbst für sich behält, aber nicht, was er verheimlicht.

»Mama!!«

»Pssssst.«

»Aufstehen.«

»Au, nicht so fest. Ja. Wir stehen jetzt auf.«

»Mama.«

»Ja.«

»Mama.«

»Ja!«

»Ich bin eine Prinzessin.«

Sie gehen nach unten. Osip, ein Tuch um sich herum drapiert, sie im Nachthemd. Sie kocht Kaffee und Tee, öffnet die Terrassentüren weit und versteckt den Aschenbecher auf dem niedrigen Teil der Dachkante. Leo beginnt von oben ganz laut Mama-Mama-Mama zu rufen. Sie ignoriert das eine Weile, geht dann aber zu ihm. Er steht auf seinem Bett und schreit mit hochrotem Gesicht.

»Ja!« Sie fasst seine Arme. »Herrje, Leo, ich bin nicht taub!«

»Warum bist du denn nicht gekommen?«

»Ich war beschäftigt.«

»Aber ich hab dich gerufen.«

»Ich bin nicht deine Sklavin.« Das sagte ihre Mutter auch immer. Sie wünschte, sie könnte den Satz wieder aus dem Zimmer jagen. »Was ist denn?« Sie macht das Fenster auf. Es regnet. Wieder oder noch immer.

»Mein Feuerstein ist weg.«

»Wieso weg? Welcher Feuerstein?«

»Mein Feuerstein.«

»Wie sieht er aus?«

»Normal.«

»Okay, Leo, wenn du mal eben Kaffee kochst und Brote schmierst und Taschen packst und Osip anziehst, dann such ich in diesem Sauhaufen einen Feuerstein ohne nähere Beschreibung.« Leo fängt an zu weinen.

»Hör auf zu weinen!«

»Darf ich denn nicht traurig sein?« Leo schreit auch. Sie setzt sich auf sein Bett und sagt oder tut eine volle

Minute lang gar nichts. Dann packt sie ihn und zieht ihn auf ihren Schoß. Sein Körper störrisch, widerspenstig. Sie streichelt ihn, bis er aufhört zu weinen.

»Sorry, Mama.«

»Sorry will ich nicht hören, Schatz.«

Sie gehen nach unten, und sie denkt wieder an die Zimmer auf dem Dachboden, an die neue Küche und daran, welche Zukunftsfähigkeit ihr Haus und damit ihr Leben hier dadurch annimmt. Sie schmiert Butterbrote. Dann setzt sie sich an den Küchentisch. Regungslos. Ihre Kaffeetasse umklammernd überhört sie das Geschnatter und Gekabbel ihrer Söhne.

Als sie die beiden weggebracht und vom Auto aus eine Weile die muntere Alltäglichkeit anderer Mütter und eines vereinzelten Vaters beäugt hat – die bmi-Frauen kann sie nicht mehr identifizieren, aber in diesen Regenmänteln gehen alle noch mehr als sonst ineinander über –, ruft sie Bruch an und spricht auf seine Mailbox, dass sie diese Männer (Primitivlinge, sagt sie) nicht erträgt und er sie anrufen soll. Sie ist sich ihres unangemessen harschen Tons bewusst. Als sie gerade zu Jacobs Nummer scrollt, klopft jemand an ihr Seitenfenster. Sie erschrickt. Lächerlich, wie verdammt schreckhaft sie geworden ist. Das lächelnde Gesicht von wie hieß sie noch gleich unter einem Regenschirm. Emilia lässt die Scheibe runter.

»Hallo, Emilia, wir dachten uns, ob du nicht vielleicht Lust hast, mit uns Kaffee trinken zu gehen?« Helle blaue Augen in einem zu runden, zu blonden, zu weichen, zu unbesorgten Gesicht. Hinter ihr sieht Emilia die Mutter von Sam und die Mutter von Maya und die Mutter von wie hieß sie noch gleich. Sie lächelt ihnen zu. »Das machen wir mittwochs immer.« Ihr Lächeln wird erwidert. Sie schlägt die Einladung aus. Grinst alle noch einmal breit an und fährt die Scheibe wieder hoch. Jacob nimmt nicht ab. Da ruft sie Josepha an, ob sie jemanden weiß, der eine Woche lang auf die Kinder aufpassen könnte.

»Darf ich dich mal kurz unterbrechen, Emilia? Du hast deine Mails sicher noch nicht gelesen, oder?«

»Nein.«

»Marieke hat Eddy bezichtigt, sie belästigt und sexuell genötigt zu haben.« Marieke ist seine Praktikantin, Anfang zwanzig, blitzgescheit, attraktiv, ein bisschen verlegen. »Sie hat auch Anzeige erstattet.« Emilia weiß sofort, dass es wahr ist.

»Und Eddy?«

»Streitet alles ab.« Natürlich. »Ich trete für ihn ein.«

»Was?«

»Er würde mich nicht anlügen. Mich nicht.«

»Es war so. Da bin ich mir sicher. Ich kenne Eddy auch. Wir sind alt genug, nein zu sagen, aber … Jos, du weißt es doch auch. Es stimmt.«

»Oder ja zu sagen.«

»Was? Ja, oder ja zu sagen.« Spricht sie jetzt von sich?

Der Fluss ist vom vielen Regen auf die doppelte Breite angewachsen. Die Wiesen sind leer, nirgendwo mehr ein Schaf. Desolate Weidenbäume stehen im Wasser, ausgeliefert. Emilia stellt die Lüftung auf die höchste Stufe, um die beschlagene Scheibe frei zu bekommen. Jetzt, da Leo und Osip in Schule und Kita sicher aufgehoben sind, liebt sie sie mehr denn je. Aus dieser Distanz kann sie es fühlen und ertrinkt nicht darin. Ob es ihren Eltern auch so gegangen ist, ob sie auch nachgedacht haben über diese Mischung aus Liebe und Gefangenschaft, diese strukturelle Übermüdung, die nicht allein vom Schlafmangel herrührt, sondern von einer Überlastung des Gehirns, weil man ständig wissen muss, wo sie sind, schauen muss, was sie gerade benötigen, einschätzen muss, welche Gefahren um sie herum beseitigt werden müssen? Ihre Eltern haben nie den Eindruck erweckt, dass Kinder zu bekommen ein Einschnitt in ihrem Leben war, dass es davor ein anderes Leben gegeben hatte. Sie erzählten zwar manchmal von ihrer eigenen Kindheit, aber nie von der Phase der Reifung, dem Leben als ungebundener Erwachsener. Oder hatte es das für sie nie gegeben? Oder hatte sie sich nicht dafür interessiert, etwas darüber zu hören?

Bruch ruft an. Sie vermutet, dass er wohl ihre Voicemail gehört hat, aber er geht nicht darauf ein. Sie erzählt ihm von Eddy. Das Thema verdrängt ihre Unstimmigkeiten. Es muss einfach oft genug etwas passieren, etwas Externes, etwas, das einen ablenkt.

»Ich mag ihn nicht.« Immer, wenn sie länger als eine Minute über Eddy reden oder wenn Bruch ihn gerade gesehen hat, sagt er das.

»Weiß ich. Wo bist du?«

»Ich sitze im Eingangsbereich der Uni.«

»Die Tasche zu deinen Füßen und den Mantel über einem Bein?«

»Ja.« Er lacht.

»Was würdest du denken, wenn du dich da so sitzen sähst? Sieht das nach Professor aus? Oder eher nach älterem Student?«

»Hm, gute Frage. Vielleicht am ehesten nach einem verirrten Arzt.«

»Entschuldige die Voicemail.«

»Fahr vorsichtig.«

Sie nimmt die Auffahrt zur Autobahn und gibt Gas. Autofahren hat eine beruhigende Wirkung auf sie.

Sie parkt auf der Nordseite vom ij und nimmt die Fähre. Nachdem sie sich durch das Gedränge im Hauptbahnhof geschoben hat, geht sie nach rechts, links, rechts und biegt in die Spuistraat ein. Von der anderen Straßenseite her hört sie jemanden ihren Namen rufen. Es ist Vincent. Sie hebt die Hand und will weitergehen, aber er kommt zu ihr herübergerannt, als habe er seit einer Woche keine Menschenseele gesehen. Keuchend springt er vor ihr auf den Gehweg. Er sieht schlecht aus.

»Hallo, Vincent.«

»Schönheit.« Er küsst sie auf beide Wangen. Er riecht nach Alkohol.

»Und, wie war das Echo auf deine Endstation?«

»Hast du es nicht gelesen?«

»Ich verfolge das nicht so, Vin.«

»Nein, wieso solltest du auch.«

»Und?«

»Ganz ordentlich, ganz ordentlich. Mit Ausnahme von du weißt schon.« Er zieht eine Grimasse und schielt, während er das sagt, wahrscheinlich um damit diesen du weißt schon darzustellen. »Aber das ist eigentlich als Kompliment aufzufassen.« Sie hat keine Ahnung, von wem er spricht. »Ist aber alles schon fast wieder vergessen. Ich mache schon wieder was Neues.«

»Tschechow, oder?«

»Kommt noch, nächste Saison, den musst du unbedingt sehen. Nein, keine große Sache, was Kleines, eine kleine Regie bei einer jungen Truppe.«

»Welches Stück?«

»Sie sind so jung, Emilia, Anfang zwanzig. Und sie sind so nett. So viel netter, als ich es war. Und zivilisierter, viel weniger radikal. Ist das Zufall?« Sein Blick nimmt einen panischen Ausdruck an. Er hat ihren Arm gefasst.

»Ich weiß es nicht, Vincent.«

»Und sie sind so schön, so lebendig, so, so … und sie sind sich dessen überhaupt nicht bewusst, sie trinken Wasser und essen Salat, Emilia, sie sind so … Sie haben keine Ahnung. Das macht mich wahnsinnig.«

»Was, Vin?«

»Dass ich so alt bin, so gottverdammt alt.«

»Du bist nicht alt.«

»Im Vergleich zu ihnen. O doch. Ich bin alt. Und sie sind jung und nehmen es gar nicht wahr.«

»*Youth is wasted on the young.*«

»So ist es, so ist es wirklich. Wilde?«

»Shaw.«

»Du bist eine besondere Frau.«

»Spinn nicht rum.«

»Ich bin ein Spinner. Du nicht. Du bist eine, die ein Geheimnis für sich behalten kann. Sagenhaft.« Was redet er denn da? Sie muss hier weg. Sonst wird sie ihn womöglich gar nicht mehr los. Wenn einem jemand ein Geheimnis anvertraut, wird man mitverantwortlich, dann kann man nicht einfach abhauen. Er hat sie am Arm gepackt. Er sieht aus, als wolle er ihr gleich sein Herz ausschütten.

»Emilia.«

»Halt die Ohren steif, Vincent, mach's gut. Theater ist nicht alles, ja?« Sie schlägt ihren Kragen hoch.

»Nein, mag sein, mag sein. Okay. Grüße an Bruch.« Sie versucht sich zu erinnern, ob Vincent zurzeit eine Freundin hat, ob jemandem Grüße ausgerichtet werden müssen. Während sie sich von ihm entfernt, bleibt er stehen, regungslos wie die Weiden auf der Wiese.

Josepha hat dickes blondes Haar und ein schläfriges Gesicht. Ihre Augen sind klein und stehen weit auseinander, ihr Mund ist groß. Sie hat etwas Sinnliches an sich durch diesen Mund und die Langsamkeit ihrer Bewegungen. Obwohl es erst früher Nachmittag ist, haben sie Wein bestellt. Eddy kommt herein. Er sieht alles andere als zerknirscht aus. Anzeige sei nicht erstattet worden, stellt er gleich klar. Marieke habe der Polizei das Ganze lediglich *gemeldet*, das habe keine weiteren Konsequenzen. Er bestellt sich eine Portion Hackbällchen. Und dann gebe es noch diese Mail an alle Kollegen, in der sie auflistet, wie oft er ihr zu dicht auf den Leib gerückt sei, welche Bemerkungen er gemacht habe, wozu er sie eingeladen habe, und schließlich die sexuelle Nötigung anführe, als abends schon alle gegangen waren. Wie er sie geküsst und überall begrapscht habe und sie das, versteinert und unfähig zu handeln, über sich habe ergehen lassen.

»Und das entspricht alles der Wahrheit?«, fragt Josepha. Eddy zuckt die Achseln, sagt, dass die Bezichtigung sexueller Nötigung nicht selten die Form sei, in die ein Mädchen ihr schlechtes Gewissen gieße. Und dass er nicht einen Moment den Eindruck gehabt habe, dass es ihr nicht gefiel. Josepha fragt ihn, wie groß die Wahrscheinlichkeit sei, dass eine der anderen Kolleginnen, Ex-Kolleginnen oder früheren Praktikantinnen dieser Geschichte noch ein Kapitel hinzufügen könnte. Gleich null, sagt Eddy und ruft aus, sie würden ihn doch kennen.

»Eben«, sagt Emilia, »deswegen.« Und da ist Eddy zutiefst beleidigt.

»Ich bin ein viriler Mann. Kein Brutalo.«

»Du hast die Finger von den Praktikantinnen zu lassen.«

»Auch bei gegenseitigem Einverständnis.«

»Nur von den Praktikantinnen?«

»Herrgott, Eddy, komm, besinn dich. Entschuldige dich bei Marieke, vertrau sie mir an, nimm dir eine Woche frei und klär dann alles in einer Ansprache an die Kollegen. Räum ein, dass du dich danebenbenommen hast.« Josepha wischt, während sie spricht, immerzu mit der Hand über die Tischfläche, als wollte sie die ganze Sache vom Tisch kehren.

»Eddy.«

Eddy seufzt.

»Emilia.«

»Hast du schon mal eine Frau vergewaltigt?« Sie hat sich die Zahlen angesehen. In den Niederlanden werden pro Tag vier Vergewaltigungen verzeichnet, die nicht gemeldeten Fälle dürften sich auf ein Vielfaches belaufen. Sie hat keinerlei Angaben dazu finden können, wie viel Prozent der Männer Vergewaltiger sind, oder wie viele Vergewaltigungen es pro Täter durchschnittlich gibt. »Ich meine also nicht irgendetwas Uneindeutiges dazwischen, worüber man unterschiedlicher Meinung sein kann. Nein, hast du schon mal konkret gegen den Willen der Frau, auf der du lagst, …«

»Nein, natürlich nicht.« Seine Stimme klingt hart und tonlos, und er sieht sie nicht an. Ist er schockiert über ihre Unterstellung, oder lügt er?

»Wir sind deine Freunde. Hätte es nicht was für sich, deine Sünden einfach vor uns auszubreiten, wär doch interessant?«

»Emil, hör auf.« Josepha sieht sie stirnrunzelnd an. »Ich bitte dich, hör auf.«

»Ich mein das im Ernst. Es gibt doch Vergewaltigungen. Vielleicht sogar zehn pro Tag. Und irgendwer muss sie ja begehen, oder? Wäre es nicht interessant, wenn wir darüber reden könnten? Wär das nicht fortschrittlich?«

»Aber wenn es da nun mal nichts zu reden gibt! Wenn ich nie eine Frau vergewaltigt habe!«

»Aber du hast eine Frau sexuell genötigt.«

»Aber das war mir nicht bewusst!«

»Findest du es normal, wenn eine Frau deine Berührungen wie versteinert über sich ergehen lässt?«

»Ich habe nicht bemerkt, dass sie versteinert war. Ich habe nichts davon gemerkt!«

»Was hast du dann gemerkt?«

»Ich dachte, sie traut sich nicht so recht, weil sie zu jung und unerfahren ist, zu sehr … zu sehr von mir beeindruckt … Ich dachte, sie ist vielleicht noch Jungfrau. Ich habe aufgehört, weil ich dachte, dass sie vielleicht noch Jungfrau ist, das ging mir zu weit, ich wollte doch nur … unter erwachsenen Menschen … Ich hab sie dann weggeschickt. Darüber ist sie wohl sauer … denke ich.

Weil sie sich zurückgewiesen fühlt. Ich glaube, es ist genau das Gegenteil von dem, was sie behauptet. Sie ist in mich verliebt. Aber ich werde alles abstreiten, Leute, alles, wegen Yildiz.«

Sie schweigen. Die Hackbällchen werden gebracht.

»Ich glaube das. Ich glaube dir. Du auch, Emilia?« Josepha bestellt noch eine Runde. Emilia fragt sich, ob es überhaupt möglich ist, ein echtes Gespräch zu führen, egal mit wem, ein echtes, offenes Gespräch. Über alles, was einem widerfährt, was man falsch gemacht hat, was man denkt, alles, was man sich normalerweise nicht zu sagen traut. Was wäre das wert? Wäre das interessant? Würde sie das geheime Innenleben Eddys wirklich interessieren? Wahrscheinlich lernt man jemanden genauso gut anhand seiner Versteckspiele kennen.

»Du glaubst das also. Und findest du es auch logisch, dass er denkt, ihre Starre sei Liebe und Bewunderung gewesen? Und, ach ja, mangelnde Erfahrung? Wenn es das ist, was er zu seiner Verteidigung vorbringt, haben wir nichts von seiner Antwort, dass er noch nie eine Frau vergewaltigt hat. Denn womöglich hat er es ja gar nicht bemerkt!«

»Besteht in deiner Welt eigentlich auch noch die Möglichkeit, dass Marieke alles erfunden hat?«

Darüber denkt Emilia kurz nach. Dann schüttelt sie den Kopf. Die Möglichkeit ist ausgeschlossen.

»Diese ganze moralische Entrüstung«, schnaubt Eddy. »Dieses ›du hast die Finger von den Praktikantinnen zu lassen ...‹. Als wäre Marieke nicht erwachsen, verdammt, als wären wir nicht zwei erwachsene Menschen, die ja und nein sagen können! Ich meine: Ich habe sie nicht betäubt und gefesselt oder zu Brei geschlagen. Ich schwöre dir, dass ich die Wahrheit sage. Glaubst du mir?«

»Ist doch egal. Oder?«

Gegen sechs Uhr ruft Emilia Bruch an. Sie beschließen, Alicia zu verzeihen, dass sie sich am Whisky vergriffen hat, damit sie ihnen als Babysitterin erhalten bleibt. Emilia bleibt in Amsterdam.

11

B ruch hatte das Fenster aufgemacht. Die Straßen-
laternen pendelten an dem über die Straße gespannten
Draht im Wind und beleuchteten den Regen darunter. Er
hatte keine Frage zu ihrer Abwesenheit gestellt. Sie hatte
nichts dazu gesagt. Er hatte gekocht. Sie hatte im Bücher-
regal einen Italienischkurs entdeckt und eine der Kasset-
ten eingelegt, und sie hatten die Sätze nachgesprochen. Sie
hatten aufgezählt, in welchen Ländern sie schon gewesen
waren. Sie hatten aufgezählt, in welche Länder sie noch
gerne reisen wollten. Er hatte von seinen Patienten erzählt,
und sie hatte von sos erzählt. Er hatte Tee gemacht. Sie
hatten noch einmal miteinander geschlafen. Seinen be-
obachtenden Blick legte er dabei nicht ab. Er schaute auf
ihren Körper, während er ihn berührte. Er schaute auf ihr
Gesicht, während er in sie eindrang. Er küsste ihre Augen-
lider und leckte ihre Lippen. »Du stöhnst«, sagte er, als sie
stöhnte. Er schlief ein. Sie studierte sein Gesicht. Danach
schlief auch sie ein, und als sie wach wurde, schaute er sie
an. Er machte Kaffee und holte die Zeitung.

»Ich kam zu der Party von Jacob, als die schon ihrem
Ende entgegenging. Du wolltest mir den Schnee aus dem
Haar pusten und mir unbedingt einen Eiszapfen ins Glas
stecken, das hattet ihr an dem Abend offenbar schon mal
gemacht, aber an der Dachkante hingen keine mehr, und
du bist auf dem Balkon ausgerutscht. Du warst ziemlich

betrunken. Aber dein Blick war wundervoll, so leicht und leuchtend. Ich dachte, Jacob sei dein Freund. In der Küche kam ich mit jemandem ins Gespräch und goss mir dabei im Eiltempo einen hinter die Binde, um nicht mehr der einzige Nüchterne auf einer Party zu sein, wo schon alle sternhagelvoll waren. Wir gerieten in eine hitzige Diskussion über die Dressur von Pferden, völlig absurd, denn von dem Thema hab ich überhaupt keine Ahnung. Als ich ins Zimmer zurückkam, lagst du rücklings auf dem Fußboden, zwischen deinen beiden Brüdern, und ihr hörtet grässliche psychedelische Musik. Ich hab euch kurz zugeschaut. Dann bin ich gegangen.«

»Mit einer Frau?«

»Mit einer Frau, ja.«

»Einer, die du vor diesem Abend noch nicht kanntest?«

»Ja.«

»Und die du danach auch nie wiedergesehen hast.«

»Fast.«

»Nur noch ein paar Mal.«

»Nur noch ein paar Mal.«

»Aber als wir uns ein halbes Jahr später im Krankenhaus trafen, hast du mich sofort wiedererkannt.«

»Ja.«

»Denn du hattest die ganze Zeit an mich gedacht.«

»Nein.«

»Du musst ja sagen. Der Geschichte zuliebe.«

»Ja.«

»Also nicht?«

»Nein.«

»Du hattest mich vergessen. Aber als du mich gesehen hast, da hast du dich wieder an diesen leichten, leuch-

tenden Blick von mir und den Sinn deines Lebens erinnert.«

»Und du hast mich gar nicht erkannt, aber es fühlte sich
schon so an, als hättest du etwas sehr Wichtiges vergessen.«

»Ja.«

Endlos rekapitulierten sie ihre ersten Begegnungen und
was sie dabei gedacht hatten, fabulierten Abwandlungen,
schliffen ihre Erinnerungen und polierten sie zu einem
glänzenden Beweisstück. Emilia glaubte auch, dass das
unterstrich, wie richtig ihre Entscheidung war, den Vorfall zu verschweigen. Er würde niemals so unbekümmert
mit ihr reden und sich so in ihren Armen gehen lassen,
wenn er wüsste, was ihr zugestoßen war.

Später, dachte sie, wenn alles normal geworden ist,
wenn wir einander kennen und mich das, was geschehen
ist, in seinen Augen nicht mehr beschmutzen kann, dann
erzähle ich es.

Sie gingen in irgendeine Kneipe, oder sie lagen im Bett.
Sie erzählten einander von ihrem Leben, ihrer Kindheit,
ihrer Arbeit. Er stand früh auf, um zu joggen. Sie kochte
Kaffee und stöberte in seinen Sachen herum. Sie fand An-
sichtskarten von seiner Ex Mariette. Auch die kleinsten
Details seines Lebens, Randnotizen, ein angefangener
Brief an einen Freund, dessen Name noch nicht in seinen
Erzählungen aufgetaucht war, ein verirrtes Foto, ein auf-
bewahrter Stein, gaben ihr das Gefühl, dass sie bei ihm
weiter in die Tiefe drang.

Bruch wechselte die Stelle, Emilia kündigte ihr Apartment und zog bei ihm ein. Obwohl sie beide viel arbeiteten, schien es, als hätten sie endlos Zeit füreinander. Ihre

Fußmärsche durch die Stadt wurden seltener. Stattdessen gingen sie ins Kino oder saßen in irgendeinem Lokal und hatten Spaß daran, sich die Leben der Leute um sie herum auszumalen, sie zu Romanfiguren zu modellieren. Sie fuhren zum ersten Mal zusammen in Urlaub, nach Italien, und beschlossen zu heiraten. Er stellte sie seinen Eltern vor, die intelligente, auf Abstand bedachte Menschen waren und sie zwar widerstandslos, aber auch ohne große Wärme in die Familie aufnahmen. Sie lernte seine Schwester kennen, Philippa, mit der er sich schwertat, nicht, weil irgendwas zwischen ihnen vorgefallen wäre, sondern wegen der Unvereinbarkeit ihrer Wesen. Philippa hatte sich dem Glauben zugewandt, was Bruchs Meinung nach alles Dogmatische, Oberflächliche, Verurteilende ihres Charakters nur noch verstärkt hatte. Emilia erzählte Bruch vom Tod ihrer Mutter. Von ihrem Vater erzählte sie nur, dass es zu einem Zerwürfnis gekommen sei und man das nicht mehr kitten könne.

Ihr erster Streit betraf Jacob. Bruch sagte, dass es nicht normal sei, wie Jacob mit ihr umgehe. Darauf entspann sich eine wütende Diskussion über die Frage, was denn normal sei, ob man »nicht normal« überhaupt als Argument anführen könne, als ob es so etwas wie »normal« gäbe, als bestünde eine Norm, die von Bruch höchstpersönlich abgesegnet worden wäre.

»Er ist dein Bruder!«

»Was du nicht sagst!«

»Wie er dich anfasst! Wie er seine Klauen auf dich legt. In meinem Haus.«

»In meinem Haus.«

»In unserem Haus. Das ist nicht normal.«

»Jetzt sagst du's schon wieder! Bist du der große Normierer, oder was? Wir haben eine enge Beziehung, er ist mein großer Bruder, er ist alles, was ich habe.«

»Du liebe Güte!«

»Außer dir.«

»Du liebe Güte!!«

»Was Familie betrifft.«

»Pathetisch!«

»Außer Viktor. An dem ich gar nichts habe.«

»Er ignoriert mich, wenn er hier ist.«

»Du bist eifersüchtig! Wie dumm! Wie schäbig! Ich brauch frische Luft.« Er hinderte sie daran zu gehen. Sie trieben es beide auf die Spitze. Sie sagte, dass er ekelhaft sei, wenn er sich so aufführe.

»Was soll ich denn denken?«

»Etwas anderes, etwas Intelligenteres!«

»Von dir!«

»Was du willst. Tust du ja sowieso.« Darauf gab er ihr einen Klaps. Den sie mit einem Klaps erwiderte. Und dann standen sie sich betreten gegenüber.

»Au«, sagte sie, nach kurzer Stille. Er musste lachen. Sie gab ihm noch einen Klaps. Er packte ihre Handgelenke, und sie rangen miteinander und konnten sich bald vor Lachen nicht mehr halten. Bis er plötzlich auf ihr saß und ihre Arme mit einer Hand über dem Kopf festnagelte, während er mit der anderen ihren Körper zu streicheln begann. Da ergab sie sich. Er ließ sie los und ging von ihr herunter. Sie rappelte sich hoch und kotzte auf den Teppichboden. Er sagte nichts. Sie sagte auch nichts. Er machte den Teppichboden sauber, während sie zusammengekrümmt im Bett lag.

12

Als er Viktor und Emilia nach seinem Medizinstudium eröffnet hatte, dass er Psychiater werden wollte, war Viktor fast vom Stuhl gefallen vor Lachen.

»Sollte man für diesen Beruf nicht so etwas wie … äh … Empathie mitbringen?« Jacob hatte gekontert, er wolle ja nicht Sozialtherapeut werden, es handle sich immer noch um ein medizinisches Fachgebiet.

»Und im Übrigen hat mich unter anderem der Umgang mit meinem geistig umnachteten Brüderlein gelehrt, nachsichtig mit meinen Mitmenschen zu sein.«

»Geistig umnachtetes Brüderlein?«

»Ja, Junge, du müsstest dich selbst mal sehen, wie du dahockst, mit hängenden Schultern und diesem in dich gekehrten Blick.« Sie hatten gekämpft, halb aus Spaß, für Viktor aber auch, zur anderen Hälfte, um zu beweisen, dass er mit seiner Inbrunst wettmachen konnte, was ihm gegenüber Jacob an Leibesumfang fehlte. Viktor studierte schon seit drei Jahren jedes Jahr etwas anderes. Er wolle sich ganzheitlich bilden, sagte er, und sei nicht am Karrieremachen interessiert. Er arbeitete bei einem anarchistischen Radiosender mit und verdarb ihnen die Abende mit seiner zwanghaften Diskutiererei. Emilia war sechzehn und wohnte noch zu Hause. Jedes zweite Wochenende fuhr sie zu Jacob. Dort fügte sie sich nahtlos in das Leben ein, das er führte. Sonntagabends saß sie

dann verkatert im Zug nach Hause. Erschöpft, aber auf-
geladen.

»Gnade, Gnade«, hatte Jacob gebrüllt, um Viktor einen
Gefallen zu tun.

Diese Erinnerung kramen sie aus, als sie an dem überdimensionalen Tisch in der überdimensionalen Küche
des riesigen Hauses von Jacob und Lieke sitzen. Die
Terrassentüren stehen offen, es schüttet wie aus Eimern,
und der Himmel ist in ein unwirkliches Dunkelgrau ge-
taucht. Alles an Jacob ist groß: Kopf, Hände, Ohren,
Arme, Bauch. Er strahlt auf eine grobe Art Überlegenheit
aus. Sein braunes Haar hat einen rötlichen Schimmer. Sein
Blick ist taxierend, arrogant, es ist ein Blick, der Fremde
abschreckt und bei seinen Patienten bewirkt, dass sie eine
gewisse Scheu überwinden müssen, bevor sie sich ihm anvertrauen, ihn aber letztlich auch nicht anzulügen wagen.

Auf der Arbeitsplatte warten vier große Lachssteaks
darauf, dass die Gesellschaft vollzählig ist.

»Hat Papa nie gefragt, was wir am Wochenende in
Amsterdam so trieben?«

»Ich hab zu der Zeit nicht mit ihm gesprochen.«

»Aber danach doch schon wieder, oder?«

»Danach schon wieder.«

»Und wieder etwas später nicht mehr.«

»Ja.«

»Und jetzt?«

»Jetzt ist es egal. Er erkennt niemanden mehr. Er kann
sich nichts merken. Er hat alles vergessen.«

»Ich dachte, er spielt das nur. Um sich allem entziehen
zu können.«

»Dachtest du das wirklich?«

»Ja.«

»Er hat Korsakow. Ich dachte, das wüsstest du.«

»Ich weiß gar nichts. Aber lass. Ich muss das nicht wissen.« Sie steht auf und stromert an der Küchentheke entlang. Bohrt den Finger in einen Weichkäse. Streichelt eines der rosaroten Fischfilets.

»Nimm dir doch ein Messer. Und ein Brettchen.«

Sie macht den Kühlschrank auf und inspiziert den Inhalt. Lauter teure Sachen. Jacob und Lieke machen ihre Einkäufe im Delikatessengeschäft.

»Hast du schon mal einen Vergewaltiger behandelt?«

»Ist dir schon mal aufgefallen, dass unsere Gespräche oft den Charakter eines Interviews haben?«

»Nein. Na?«

»Ja.«

»Und?«

»Was willst du wissen?«

»Das Motiv.«

»Wut, meistens. Frauenhass. Sexuelle Perversion, manchmal. Sadismus, gelegentlich.«

»Und bei deinem?«

»Wut, verminderte Impulskontrolle.«

»Darf der Champagner aufgemacht werden?«

»Natürlich. Und leg gleich noch einen kalt. Dort, hinter der Tür da.«

»Machte ihm das zu schaffen?«

»Zu schaffen?«

»Ja, du behandelst doch nur Menschen, die leiden, oder? Bereute er, was er getan hatte?«

»Vielleicht. Ja. Vielleicht auch das. Er war depressiv. Ich

hab eine Zeitlang einen Tag die Woche in der JVA gearbeitet. Im Gefängnis. Total sinnlose Erfindung.« Sie streicht den stinkenden Weichkäse auf kleine Cracker.

»Denn es macht Vergewaltiger depressiv.«

»Es macht jeden depressiv, oder wütend, je nach Temperament. Diese total stupide Umgebung. Sie tötet den Geist. Und bringt rein gar nichts.«

»Was sollen wir dann mit Verbrechern machen?« Viktor steht triefend nass im Türrahmen.

»Ihnen vergeben. Meistens. Und helfen. Wo es geht. Ich nehme an, ein Regenschirm ist in deinen Augen ein bürgerliches Accessoire, hm? El, hol ihm mal eben ein Handtuch aus dem Schrank. Aus dem dort. So kommst du mir nicht rein!«

»Unglaublich, dass alle immer tun, was du sagst.« Emilia legt Viktor das Handtuch auf den nassen Kopf und küsst seine nassen Wangen. Er zieht sich bis auf die Unterhose aus und kommt dann herein.

»*Brothers!*« Er reckt die Faust.

»*In arms!*« Emilia auch. Jacob macht nicht mit.

»Wer ist der Verbrecher?«

»Niemand.« Emilia reicht jedem ihrer Brüder ein Glas.

»Kann jemand, der wütend ist, denn depressiv sein?«

»Depression ist nach innen umgeschlagene Wut.«

»Ach ja?«

»Das denke ich.«

»Ist das eine Theorie von dir?«

»Ich denke, dass es so ist.«

»Du sagst, das Gefängnis macht Menschen depressiv.« Viktors Intonation verspricht eine längere Darlegung.

»Oder wütend.«

»Oder wütend, aber ich glaube, das ganze System, in dem wir leben …«

»Jetzt sag bloß nicht, dass unsere Gesellschaft ein Gefängnis ist!«

»Ich wollte es etwas wortreicher formulieren.«

»Ist das eine Theorie von dir?«

»Nicht speziell von mir.«

Jacob lässt seinen Kopf mit einem Rums auf den Tisch fallen.

»Mann, Jaak, du bist echt saublöd!«

»El«, fragt Jacob sie, »hab ich dir eigentlich schon mal von Viks Baumaktion erzählt?«

»Nein.«

»Nein?«

»Nein!«

»Echt nicht? Ich hab dir also noch nie erzählt, wie er mal, als unsere Grundschule ihr soundsovieljähriges Bestehen feierte und alle verkleidet kommen durften und wir einen Umzug durch den Ort machten, wie Viktor da, sieben Jahre alt war er, höchstens, als Baum verkleidet ging? Mit einem Schild an einem Stock, auf das er in der gerade errungenen Schrift den Text gekrakelt hatte: ›Saurer Regen, macht was dagegen!‹«

»Das war kein Schulfest. Das war eine Demonstration. Gegen sauren Regen. Ein brandaktuelles Thema damals. Du dachtest, es sei ein Schulfest, für dich war immer alles Fest, sprich: ein Anlass zum Saufen.«

Jacob stopft sich die Cracker mit Epoisses in den Mund, als wären es Kartoffelchips.

»Alle gingen als Cowboy oder Indianer oder als Fee oder was weiß ich, aber unser guter Vikkie ging als

Trauerweide.« Viktor schmeißt Jacob das Handtuch, das er noch um den Hals hängen hatte, an den Kopf.

»Du erinnerst das völlig falsch, das hast du zeitlich völlig durcheinandergeworfen, mein Freund. Emilia, sag du doch mal was, du warst fünf oder so, aber du hast ein gutes Gedächtnis. Im Vergleich zu Jacob jedenfalls.«

Emilia macht eine aufreizend lange Pause, in der sie Viktor unverwandt ansieht.

»Du hast eine neue Freundin, hab ich gehört.«

»Ja. Olga. Hier.« Er zeigt ihr ein Foto auf seinem Handy. »Okay, Jacob, ich lasse es. Nicht weil du es sagst, sondern weil ich ohnehin nichts davon habe, mit euch zu diskutieren.«

»Ja, sag ich doch.«

Da kommt Lieke herein, klein, fein, elegant, zehn Jahre älter als Jacob. Sie küsst Jacob, als wären sie allein. Emilia schielt auf seine großen Hände auf Liekes schmalem Rücken. Dann wischt Lieke sorgfältig den Lippenstift von seinem Mund und dreht sich zu Emilia und Viktor um.

»Emilia, meine Liebe, was habe ich dich lange nicht gesehen!«

»Lieke, du siehst blendend aus.«

»Viktor!«, sie küsst ihn und wendet sich dann wieder Emilia zu. »Habt ihr da bei euch keine Probleme mit dem Wasser? Ich hörte in den Nachrichten, dass die Pegelstände der Flüsse so stark angestiegen sind.«

»Noch nicht«, murmelt Emilia. Sie spielt mit der Katze. Lieke erzählt von einem Fall, in dem sich ein Selbstmord als Mord entpuppt hat, und die Katze schnurrt, und der Regen fällt, und Emilia stellt sich vor, dass sie ihr ganzes Leben geträumt hat.

Als Viktor zu Olga zurückgekehrt und Lieke ins Bett gegangen ist, liegt Emilia auf dem Sofa, die Füße in Jacobs Händen. Er streicht ihr mit den Fäusten über die Fußsohlen und kneift in ihre Fersen. Dann fährt er mit den Händen über ihre Waden.

»Glaubst du, dass Vik glücklich ist?«, fragt sie.

»Ja.«

»Oder ist das eine blöde Frage?«

»Nein, warum?«

»Wie kann man wissen, ob jemand glücklich ist?«

»Man muss nur die Definition schlicht genug halten.«

»Ist die nicht von Natur aus komplex?«

»Was ist Glück?«

»Das hier?«

»Ja?« Er kneift ihr fest in den Fuß.

»A: ein Gefühl von Einheit und Ausgeglichenheit und die Gewissheit, dass nichts diese Ausgeglichenheit ins Wanken bringen kann?«

»Ja?«

»Oder B: ein Gefühl von Einheit und Ausgeglichenheit und die Gewissheit, dass es jeden Augenblick zerplatzen kann?«

»Hast du Zigaretten?«

»In meiner Tasche.«

»Möchtest du noch Wein?« Sie hält ihr Glas hoch. Er gießt es voll.

»Für dich?«

Sie denkt nach. Ihr ist ein bisschen schwindlig.

»C.«

»Etwas anderes, nämlich Pünktchen, Pünktchen.«

»Ein Gefühl von Gedankenlosigkeit.«

»Aha.«

»Etwas Körperliches.«

»Für mich ist Glück das Gefühl, dass ich wie ein Adler über einer Landschaft segle, aufs Äußerste konzentriert, sodass ich alles dort unten bemerke, alles überblicke, jeden Moment zuschlagen kann, treffsicher.«

»Und für Lieke?«

»Lieke will einfach, dass alles sauber ist.«

»Was?«

»Ach, lass.«

Sie rauchen in der geöffneten Tür zum Garten. Es regnet immer noch. Emilia denkt an Liekes Bemerkung über das Wasser. Sie zückt ihr Handy. Bruch hat ihr Fotos vom Dachboden und von der leeren Wand geschickt, wo vorher die Einbauküche stand. Dazu nur die Zeile: »Pommes gegessen mit den Jungs.«

»Hast du von mir erwartet, dass ich eine Familie gründe?«

»Komische Frage.«

»Ach ja?«

»Ich habe das nicht erwartet.«

»Du dachtest, ich würde bei dir bleiben.«

»Ich hab vielleicht nicht erwartet, dass du überhaupt je erwachsen wirst.«

»Das ist erst komisch.«

»Ich wollte dich vor allem behüten, als du klein warst. Ich wollte nicht, dass du unter den Einfluss dieser bescheuerten Schule, dieser Leute, dieser Dumpfheit gerätst, die allem anhaftete, was man uns beibrachte. Hast du das bei deinen Kindern auch? Dieses Gefühl, dass du sie der Welt auslieferst, oder dem System, wie Viktor sagen würde?« Sie denkt an die Elterngruppe, die wegen einer Recherche zum Recht auf individuellen Unterricht bei SOS vorstellig wurde, eine Elitegruppe, die ihre elitäre Position noch weiter auszubauen wünschte. Sie sieht Leo vor sich. Still, gescheit, auf der Suche nach seiner Position.

»Am herzzerreißendsten finde ich ihren Drang, sich anzupassen, das Normale für sich zu erobern. Wie sie überleben wollen, jemand werden wollen, jemand, der in den Augen der Lehrerin besteht, jemand, der so ist wie jemand anders … Dass es Kindern so komplett an Raffinesse fehlt und man das Ganze dadurch so deutlich sieht.«

Sie verstummen.

»Ich hab mit Bruch alles verkehrt gemacht. Total verkehrt. Und jetzt ist das dabei herausgekommen. Da sind wir jetzt angelangt. Ich muss nach Hause, Jacob. Ich kann nicht bleiben.«

»Du bist ein bisschen betrunken, glaube ich.«

»Ach, das ist halb so wild.«

»Komm mal mit zu mir ins Bett. Schlaf dich erst mal aus.«

»Schläft Lieke nicht bei dir?«

»Manchmal.«

»Vielleicht sollte ich mich scheiden lassen. Vielleicht sollte ich einfach weggehen. Vielleicht kann ich das gar nicht.«

»Komm, ich bring dich, ich leg dich ins Bett.«

Sie schaut auf sein Gesicht, das ihrem Gesicht gleicht. Ihr fallen immer wieder die Augen zu, aber jedes Mal, wenn sie sie kurz öffnet, schaut er sie an. Sie versucht, ihm ein Rätsel zu erzählen, von drei Brüdern und siebzehn Kamelen, aber sie verliert den Faden.

13

Lieke schlüpft ins Zimmer und stellt ein Tablett auf den niedrigen Schrank an der Wand. Sie hat einen weißen Hosenanzug an. Emilia schielt mit dem auf dem Kissen liegenden Auge nach ihr, während sie das andere geschlossen hält. Sie rührt sich nicht. Kaffeeduft. Sie hat nichts davon gemerkt, dass Jacob gegangen ist. Minuten später hört sie, wie die Haustür zugezogen wird. Da schlägt sie die Decke zurück und tritt ans Fenster. Hinter den beigefarbenes Licht durchlassenden Vorhängen und dem Balkon liegt die Straße. Der Himmel hat ein schmutziges Grau. Der Garten unten sieht nass, verlassen und verwahrlost aus. Lieke kommt aus dem Schuppen und schaut nach oben, bevor sie auf ihr Fahrrad steigt. Sie winken sich zu. »Und weg ist sie«, sagt Emilia laut, »um Urteile zu fällen.« Sie trinkt ihren Kaffee am Schrank stehend. Es gibt auch Orangensaft und ein Croissant, von dem sie nur die knusprigen Enden isst. Sie hat zwei verpasste Anrufe von Bruch auf dem Handy, doch als sie zurückruft, nimmt er nicht ab. Sie zieht sich an. Öffnet den Kleiderschrank und betrachtet Jacobs Sachen. Seine professionell zusammengelegten Hemden sind zu peniblen Stapeln getürmt. Still hängen seine Anzüge auf ihren Bügeln. Sie kramt in seinen Schubladen, bis sie das Valium gefunden hat, und steckt die Schachtel in ihre Tasche. Blättert in den Büchern, die auf dem Nachttisch liegen, lauter Fachliteratur. Danach sucht sie auf ihrem Handy nach Informationen über die Pegelstände. Auf der Website des Wasseramts steht, dass die Wahrscheinlichkeit einer verheerenden Überschwemmung in ihrem Postleitzahlgebiet größer ist als eins zu hundert. Wie viel größer, steht nicht da. Sie kann nicht mal Hinweise darauf finden, ob es überhaupt eine höhere Kategorie gibt. Diese Website ist so benutzerfreundlich, dass es unmöglich ist, an Informationen zu gelangen, die keine vordergründige Relevanz haben.

In der Küche spielt ganz leise Musik. Emilia will sie ausschalten, doch sie sieht nirgendwo einen CD-Player oder Ähnliches, und es gelingt ihr nicht herauszufinden, von wo die Musik kommt. Auf dem Tisch liegt zwar eine Fernbedienung, aber als sie sie in die Höhe reckt und auf eine Taste drückt, geht das Licht aus. Mit keiner einzigen Taste auf dem Ding lässt sich das Licht wieder anknipsen. Sie macht sich noch eine Tasse Kaffee und denkt über den Ausdruck »verheerende Überschwemmung« nach. Legt sich auf den Fußboden und konzentriert sich auf ihre Atmung. Sie muss Josepha anrufen. Schon bei dem Mal vor etwa einem Jahr, als Eddy sie bat, ihre Arbeitszeiten einzuhalten, hätte sie gehen sollen. Die Tragik jedes Weggangs liegt darin, dass er zu spät kommt. Es wird plötzlich stockfinster im Zimmer. Als sie den Kopf zur Seite dreht, sieht sie, wie sich die dichte Wolkendecke wieder verdunkelt. Kann der Hang zu Reuegefühlen erblich sein? Kann einen das Bewusstsein, sterblich zu sein, wie eine Lawine überrollen? Sie muss Bruch dazu überreden, dass sie auswandern, sie müssen irgendwo anders neu anfangen. Jetzt geht es noch. Ihr Handy klingelt. Der

Fluss hat den Steg überspült und strömt jetzt durch den Garten. Aber das Haus ist trocken. Bruch hat die Jungs weggebracht wie immer. Während sie reden, fängt es wieder an zu regnen.

»Ich muss zur Arbeit. Kommst du nach Hause?«

»Ja.«

»Dann sage ich Alicia ab.«

»Ja.«

»Ist alles okay?«

»Wie meinst du das?«

»Mit dir?«

Ihre Stimme will nicht mehr durch die Kehle hindurch. Sie versucht, durch die Ohren zu atmen. Könnte sie jetzt erzählen, was sie damals nicht erzählt hat, als wäre es gerade erst passiert? Könnte sie die dazwischenliegende Zeit einfach verleugnen, weil ihr die gesamte vergangene Zeit entschwunden zu sein scheint? Weil sie erst jetzt zum ersten Mal jemandem erzählen möchte, wie es war, als sie dachte, sie würde sterben?

»Emilia?«

»Ja.«

»Komm nach Hause, ja?«

»Jep.« Sie beendet das Gespräch. Reibt sich die Kehle. Der Regen überzieht die Glastüren mit einem undurchsichtigen Schleier. Das Wasser bewegt sich als Ganzes über die Scheibe, einzelne Tropfen sind nicht erkennbar. Ihre Gedanken sind so undefiniert wie unaufhaltsam. Sie wartet, bis sie ihre Atmung wieder unter Kontrolle hat. Dann erhebt sie sich und geht in den Flur, um ihren Mantel zu holen. Auch hier kommt die Musik aus der Decke. Was ist das für ein Quatsch? Jacob hat also ein Haus, das Musik macht? Ein Haus, das leise Klavier spielt, wenn sie weg sind? Durch das kleine Seitenfenster sieht sie, dass jemand auf dem Weg zur Haustür ist. Reflexartig drückt sie sich an die Wand. Er klingelt. Sie hofft, dass er nicht das Gesicht an die Scheibe drücken wird, um hereinzuschauen, denn dann besteht die Möglichkeit, dass er sie sieht. Nach einem zweiten Mal Klingeln klappert der Briefschlitz. Sie wartet sicherheitshalber noch einige Minuten. Dann huscht sie in die Küche zurück, läuft die Treppe hinauf zum vorderen Zimmer und schaut auf die Straße. Soweit sie sehen kann, ist dort niemand mehr. Hat sich niemand hinter die Hecke geduckt. Sie befindet sich in Liekes Zimmer. Die gleiche, fast unpersönliche Ordnung wie bei Jacob, das gleiche Aufgebot an *Empire*-Antiquitäten, der gleiche blütenweiße Bettüberwurf. Vor dem ovalen Spiegel steht eine Vielzahl von Fläschchen und Tiegeln. Emilia starrt eine Weile darauf, während sie das Rechteck der Tablettenschachtel in ihrer Hosentasche befingert. Sie nimmt zwei kleine blaue Pillen heraus, betrachtet sie kurz, wie sie da in ihrer Hand liegen, nimmt sie dann in den Mund, trinkt das Glas leer, das neben dem Bett steht, und denkt erst dann daran, dass sie ja noch Auto fahren muss. Aber es dürfte sicher eine halbe Stunde dauern, bis die Wirkung einsetzt, und wenn sie sich beeilt, hat sie den verkehrsreichsten Streckenabschnitt dann schon hinter sich. Sie geht nach unten, zieht ihren Mantel an, nimmt ihre Tasche. Durch das Fenster späht sie kurz auf den leeren Weg vor dem Haus, bevor sie die Tür öffnet. In dem Moment, als sie diese hinter sich ins Schloss zieht, fällt ihr ein, dass ihr Handy noch in der Küche liegt.

Die Nachrichten beginnen und enden mit dem Wassernotstand. Straßen sind überflutet, ein Dach ist unter den Regenmassen eingestürzt, Betroffene erzählen in Interviews von ihren vollgelaufenen Kellern, ihrem durchnässten Hausrat. Sie stellt das Radio ab und schiebt das Streichsextett von Brahms in den CD-Player.

Nach Katrina hat sie mal einen Mann aus New Orleans von seinem überfluteten Weinkeller erzählen gehört. Der Wein, darunter ersteigerte Flaschen im Wert von zigtausend Euro, sei unbeschadet, sagte er, der sei ja sicher in der Flasche verschlossen, doch die Etiketten seien abgeweicht, sodass der Wein nun nichts mehr wert sei. Nackte Flaschen dümpelten zwischen den unlesbar gewordenen Papierfetzen herum. Besser ließ sich wohl kaum unterstreichen, wie sinnlos und verlogen sein Business war. Da wurden sechzigtausend Euro für ein Etikett bezahlt, und niemand würde den sogenannten Wert erkennen, wenn er den Wein kostete. »Das können wir alles wegwerfen«, sagte der Weinhändler. »Oder austrinken«, regte die Frau an, die ihn interviewte. »Was auf dasselbe hinausläuft«, erwiderte er.

Sie biegt auf die Ringautobahn und gibt Gas, während sich die Streicher von Brahms' Sextett in immer höhere Höhen hinaufschwingen. Die Wärme im Wagen vertreibt die Nasskälte des Regens draußen, und es wird behaglich. Der Himmel hat das gleiche Grau wie der Asphalt, auf dem sie fährt. Sie muss sich zwingen, den Blick auf die Straße zu richten und sich nicht in das metronomische Hin und Her der Scheibenwischer zu verlieren.

Sie verwirft die gerade noch glänzend scheinende Idee, es zu erzählen, als wäre es gestern passiert. Das ist unsinnig. Sie wird sich damit abfinden müssen, dass sie es nun mal verschwiegen hat. So etwas kann man nicht ungeschehen machen. Man kann jetzt höchstens sagen, dass man vor all den Jahren nichts erzählt hat, weil … und so weiter. Es wird nicht möglich sein, jetzt noch zu finden, was sie damals hätte bekommen können: Trost, stellvertretende Wut, Fürsorge. Jetzt stünde nicht der Vorfall selbst im Vordergrund, sondern die Frage, warum sie es ihm verschwiegen hat. Warum sie jetzt auf einmal doch davon erzählt, was mit ihr los ist, jetzt, dass sie das tut. Bruch könnte womöglich sogar gereizt reagieren, als würde sie übermäßig schwere Geschütze auffahren, um seine Aufmerksamkeit zu erringen. Auf die Frage nach ihrem jetzigen Leben, danach, was jetzt bewirkt, dass sie über damals reden will, hat sie keine Antwort. Wenn sie sich an das zurückliegende Jahr zu erinnern versucht, wie es ihr da ging, taumelt sie in ein verschwommenes Nichts. War sie glücklich? Energiegeladen? Engagiert? Sie hat keine Ahnung. Wo war sie? Was hat es zu bedeuten, dass sie sich nicht an das vergangene Jahr erinnert? War sie glücklich gewesen? Ist es das?

Lautes Hupen reißt sie aus ihren Gedanken heraus auf die Straße zurück. Sie kann sich gerade noch rechtzeitig von der Leitplanke in der Windschutzscheibe abwenden, ein Schemen tippt sich aggressiv an die Stirn und rast davon. Erst als die vom Regen glänzende Straße wieder mitten vor ihr liegt, flattern ihr die Nerven im Magen. Beinahe tot. Auf der rechten Spur, ohne Brahms jetzt, fährt sie langsam bis zu einer Raststätte. Sie stellt den Wagen auf dem am besten geschützten Parkplatz ab, macht den Motor aus, lässt die Rückenlehne nach hinten und schließt die Augen. Was ist dir lieber? Ertrinken oder verbrennen? Keine Arme oder keine Beine? Selbst sterben oder ein Kind verlieren? Vor Hitze eingehen oder erfrieren? Der Regen trommelt aufs Dach. Die Autobahn rauscht wie das Meer. Vor ihrem inneren Auge erscheint das Bild von einer Schüssel Brei, von der federnden Oberfläche dieses Breis, die einem darauf gelegten Stück Obst kurz Widerstand leistet, es dann in sich aufnimmt und sich über ihm schließt. Sie schläft ein.

14

Kaum dass sie in die Zufahrt eingebogen ist, kommt Bruch aus dem Haus gestürmt. Zwanzig Meter vor ihrem Auto bleibt er stehen. Der Regen färbt sein Shirt auf den Schultern von Hellblau in Dunkelblau um. Sie macht den Motor aus und hält den Blick auf Bruch gerichtet. Seinen Gesichtsausdruck kann sie aus dieser Entfernung nicht erkennen. Vor einer Stunde ist sie aufgewacht. Ihr eines Bein war eingeschlafen, und ihr Nacken war schmerzhaft verspannt. Durch die beschlagenen Scheiben sah sie nichts und war einen Moment lang komplett desorientiert. Ihr stockte kurz das Blut in den Adern, weil sie dachte, sie fahre noch auf der Autobahn. Mit einem Schrei griff sie ans Lenkrad, wischte mit dem Ärmel ein Guckloch auf der beschlagenen Windschutzscheibe frei. Und da sah sie den Grünstreifen, den Abfalleimer, den Picknicktisch, die Lkws, eine leere Wiese im Hintergrund. Die ganze trostlose Szenerie. Sie keuchte und rieb sich den Nacken, erinnerte sich an den Beinaheunfall, das Valium. Dachte an ihre Brüder, an diese Geschichte mit dem sauren Regen, an Viktor in seiner Unterhose. Und wurde überwältigt von einem bauschigen Geflecht aus Liebe, Bedauern und Traurigkeit. Viertel vor vier. Sie sollte die Jungs abholen. Hätte die Jungs abholen sollen. Sie stieg ganz kurz aus, um den steifen Körper wachzuschütteln, ließ den Regen ihr Gesicht erfrischen.

Dann fuhr sie weiter, ruhig, die Zeit war ohnehin nicht einzuholen. Sie verließ die Autobahn und fuhr die letzten fünfzehn Kilometer über die schmale Landstraße. Wasser spritzte unter ihren Reifen hoch, Bäume, die normalerweise am Ufer standen, ragten nun aus dem Wasser. Eine Scheune stand fotogen im Wasser. Ein Hubschrauber flog über das nasse Land – bestimmt nicht zufällig.

Warum bleibt er da so stehen? Hinter ihm die offene Haustür, das gelbe Licht, die Verheißung von Wärme. Ist Bruch ein Hindernis? Sie steigt aus.

»Wo kommst du her?«

»Wo sind die Jungs?«

»Drinnen. Warum gehst du nicht ans Telefon?«

»Wer hat sie abgeholt?«

»Ich. Man hat mich im Krankenhaus angerufen.«

»Tut mir leid.«

»Ist alles in Ordnung mit dir?«

»Ich weiß es nicht. Sollten wir nicht reingehen?«

»Hast du es jetzt plötzlich eilig?«

»Wir werden nass.«

»Was ist mit dir los?«

»Lässt du mich mal eben vorbei?«

»Nein.« Sein ganzes Shirt ist jetzt dunkelblau. Seine Haare triefen. An seinem Ohrläppchen hängt ein Tropfen. »Wo warst du?«

»Die Wahrheit?«

»Gerne!«

»Ich hatte Valium genommen, bevor ich ins Auto stieg. Dann hatte ich beinahe einen Unfall. Als ich mich auf einem Parkplatz davon erholen wollte, bin ich eingeschlafen. Erst fünf Stunden später wurde ich wieder wach. Mein Handy liegt noch bei Jacob.« Die Wahrheit. Er sieht sie an, kneift die Augen zu. »Du glaubst mir nicht.«

»Du verhältst dich merkwürdig.«

»Tut mir leid.«

»Schon die ganze Zeit.«

»Ja.«

»Was ist los?«

»Ich werde bei sos aufhören.«

»Wegen Eddy?«

»Nein. Ja. Auch. Was weiß ich. Ich mag nicht mehr.«

»Wie kamst du an das Valium?«

»Von Jacob.«

»Hat er es dir gegeben?«

»Ich hab's mir genommen. Es ist nur Valium, Bruch, kein Heroin!«

»Emilia.«

»Ach, das weißt du natürlich. Du bist ja Arzt.« Dieser Blick von ihm. Sie geht an ihm vorbei, schiebt seinen Arm weg, als er ihn nach ihr ausstreckt. Er fasst sie bei der Schulter, sagt »ho«, als wäre sie ein Pferd.

»Verdammt, Emilia, rede mit mir!«

Leo und Osip hocken vor dem Fernseher, sie huscht ungesehen an der Tür vorüber und die Treppe hinauf. Oben weiß sie nicht, was sie machen soll. Sie hört die Haustür zuschlagen. Zu laut. Sie pellt sich aus den nassen Sachen und schaut aus dem Fenster. Der Garten ist teilweise vom Fluss einverleibt worden, der auch auf der Seite der Viehweide an Terrain gewonnen hat. Er ist jetzt bestimmt dreimal so breit wie normal. Zaunpfähle, Bäume, Sträucher, das Gatter der Kühe von gegenüber, alles ragt aus Wasser empor. Sie nimmt das Fernglas von der Fensterbank und sucht das Ufer, wo der Fluss jetzt endet, doch sie kann es nicht ausmachen. Regentropfen schlagen Löcher in den Spiegel der Wasseroberfläche, tausend stille kleine Krater.

»Essen!«, schreit Bruch nach oben. Sie reißt sich von der Aussicht los, zieht sich etwas an. Unten sitzen sie schon mit den Tellern vor sich am Tisch. Die Küche ist installiert und blitzt. Bruch hat Fleischklöße gemacht.

»Mama.«

Sie weicht Bruchs Blick aus.

»Ich durfte heute bei Karin im Büro sitzen. Sie hat mir ein Ausmalbild gegeben.« Karin ist die Hausmeisterin. Leo hat Angst vor ihr. Emilia streichelt ihm über die Hand, ohne etwas zu sagen. Osip zerdrückt seine Kartoffel mit der Hand. Er kreischt, weil sie heiß ist. Bruch klemmt ihn sich unter den Arm und hält Osips Hand unter den hohen neuen Wasserhahn. Leo sieht Emilia an, schräg von unten, den Kopf auf seinen Teller gerichtet, beschämt fast, oder auf jeden Fall verlegen.

»Bist du krank, Mama?« Sie schüttelt den Kopf. In ihrem Innern hat sich irgendetwas verfestigt, da ist etwas Abgestumpftes, Unbewegliches in ihr. Um die zehn muss sie gewesen sein. Ihre Mutter hing krank in einem Sessel am Tisch. Ihr Vater aß stumm seinen Teller leer. Jacob feuerte Wissensfragen auf sie ab wie ein Quizmaster, der narkotisierte Kandidaten vor sich hat. Was bedeutet BMW? Welche hier bei uns auf dem Schulhof wachsende Pflanze ist tödlich, wenn man davon isst? Welcher Planet ist der heißeste? Was war Stalins Leibgericht?

»Nein, nein. Ich bin nicht krank.«

»Bist du böse?«

»Nein, Schatz, nicht böse, schon gar nicht auf dich.«

Osip will sich bei ihr auf den Schoß setzen, aber Bruch hält ihn davon ab. »Erst essen. Und lass deine Mutter auch erst essen.« Doch Emilia sagt: »Ach lass ihn ruhig, das geht schon, nur jetzt, das eine Mal, komm.« Osip schmiegt sich an sie und schmuggelt seine Hand durch ihren Pulloverausschnitt unter ihre Kleider. Er drückt den nassen Mund auf ihre Wange. Bruch schaut böse. Nicht auf den Schoß, lautet die Regel. Erst essen, dann spielen, lautet die Regel. Früher, vor zehn Jahren, bevor sie ihn kannte, bevor sie hiermit anfing, war es ihr noch präsent gewesen, aber irgendwie hat sie es vergessen, als sie sich verliebt hat, das Leben sie in Beschlag nahm, sie sich diese Kinder wünschte. Jetzt liegt es wieder in voller Pracht vor ihr ausgebreitet. Aufgestaute Gefühle, unausgesprochene Gedanken. Die Kinder sind noch klein, aber auch bei ihnen hat es schon angefangen, auch in ihrem Innern gärt es schon, weil Dinge geheim gehalten werden. Die Eltern können nicht reden, wenn die Kinder dabei sind, die Kinder können nicht reden, wenn die Eltern dabei sind. Und die Eltern können im Übrigen auch nicht miteinander reden. Die Familie ist eine Form, in die man sein Glück gießt, um ihm konkrete Gestalt zu verleihen. Das ist eine Möglichkeit, sich mit der Alltäglichkeit der Dinge zu versöhnen. Man wählt sich ein sicheres Gefängnis.

»Wenn du einen Nachtisch möchtest, Osip, musst du dich auf deinen eigenen Stuhl setzen.« Bruch geht es jetzt ums Prinzip.

»Ich will Nachtisch.«

»Dann setz dich auf deinen eigenen Stuhl.«

»Ich will nicht auf meinem Stuhl sitzen.«

»Dann kriegst du keinen Nachtisch.«

»Ich will aber Nachtisch.«

»Dann setz dich auf deinen Stuhl, Osip.«

»Ich will bei Mama sitzen!«

»Wenn du einen Nachtisch möchtest, musst du dich dazu auf deinen Stuhl setzen. Danach kannst du wieder bei Mama sitzen. Also komm.«

»Neihein.«

»Gut.«

»Nachtisch.«

»Nein, mein Lieber, dann kein Nachtisch.«

»Nachtisch!«

»Osip.«

»Mama! Nachtisch!«

»Du musst dich auf deinen Stuhl setzen, Os.« Leo versucht, die Sache zu bereinigen. Emilia würde sich am liebsten davonstehlen. Aber sie muss dieses Abendessen aussitzen, danach die Kinder in die Badewanne, ins Bett, das ganze Ritual, dem sie sich nach dem, was heute war, nicht wird entziehen können. Und danach muss mit Bruch geredet werden. Sie sieht, wie er auf der anderen Seite vom Tisch das Feuer seiner Wut schürt. Osip setzt sich auf seinen Stuhl und isst heulend seinen Pudding. Emilia ist unfähig, sich zu bewegen.

Sie pürierte Gemüse, bestrich rindenloses weiches Weißbrot mit Sirup, brachte zweimal am Tag eine Thermoskanne Tee nach oben und leerte den Eimer. Das Gesicht ihrer Mutter war schmerzverzerrt, später machte das Morphium es sanft und abwesend. Mitunter redete sie wirres Zeug. Emilia gab sich keine Mühe, daraus irgendeine Botschaft zu entschlüsseln. Sie war nur so lange zu Hause, bis sie wieder weggehen konnte. Abends aß sie mit ihrem Vater. Er stellte obligatorische Fragen, über die Schule, über ihre Pläne für den Abend. Sie gab Antworten, die selten aus mehr als einem Wort bestanden. Sie hatte was mit einem Jungen aus dem Ort. Die Stunden nach der Schule verbrachten sie auf seinem schmalen Bett in einem Haus, in dem es genauso still war wie bei ihr daheim. Sie schmusten und spielten Computerspiele. Die Pflegekräfte, die zu ihnen nach Hause kamen, waren genauso wie sie selbst bemüht, ihre Aufgaben möglichst rasch zu erledigen und wieder das Weite zu suchen. In den letzten Wochen lag ihre Mutter im Krankenhaus in der Stadt. Jeden zweiten Tag begleitete sie ihren Vater dorthin. Sie saßen am Bett und schwiegen. Auf der Fensterbank verdorrten Blumen. Ihr Vater sagte, dass alles sinnlos sei. Ihre Mutter sagte nichts mehr. Dann starb sie. Zu ihrer Beerdigung kamen Leute, die Emilia noch nie gesehen hatte, und sie zeichneten das Bild einer Frau, die Emilia nie gekannt hatte. Zwei Monate später, eine Woche nach ihrem siebzehnten Geburtstag, zog sie von zu Hause aus.

Sie liest den Kindern vor, putzt ihnen die Zähne und legt sie schlafen. Dass sie so still ist, macht die beiden folgsam. So funktioniert das also. Sie wirken brav, haben aber Angst. Diese Regungslosigkeit hat sie von ihren Eltern geerbt. Sie begreift, was das ist, was diesen äußerlichen Stillstand verursacht. Begreift es, aber kann es nicht wirklich analysieren. Sie kann ihre Gedanken nicht schärfen und hat das Gefühl, sich verstrickt zu haben. Im Zimmer ist nicht genug Sauerstoff. Sie will nach draußen. Sie will weg. Als sie die Treppe hinunterkommt, steht Bruch in der geöffneten Tür und blickt auf den nassen Garten. Es regnet immer noch. Durch die blitzende neue Küche kommt es ihr so vor, als sei sie in einem anderen Haus als dem ihren. Sie setzt sich an den Tisch und wartet. Nimmt sich vor, jede Frage Bruchs so aufrichtig und ausführlich wie möglich zu beantworten. Wenn er sie noch einmal fragt, was sie verheimlicht, wird sie ihm alles erzählen. Dann wird sie einfach reden, auch wenn sie nicht weiß, wohin das führt. Das Herz schlägt ihr bis zum Hals hinauf. Alles. Keine Geheimnisse und kein Stillstand mehr. Sie wird, wenn er es verlangt, ihr Innerstes nach außen kehren.

»Emilia.«

»Ja«, sagt sie feierlich. Ja zu allem, denkt sie.

»Ich muss mal kurz raus.«

»Was?«

»Ich fahr kurz weg.«

»Wohin?«

»Nur mal kurz raus.«

»Okay.«

»Okay?«

»Ja.«

Er schließt die Terrassentür, sieht sie an, flüchtig nur, dreht sich dann um und verlässt die Küche und kurz darauf das Haus. Das Auto fährt über den Kies der Zufahrt davon. Sie hätte dem nicht zustimmen dürfen. Sie hätte nicht auf die Frage warten sollen. Sie muss die Finger vom Whisky lassen.

15

E ine Frau von der Gemeinde war da. Sie hat gesagt, zum jetzigen Zeitpunkt sei es nicht mehr als ein guter Rat, das Haus zu verlassen. Doch in einem späteren Stadium könnte man dazu verpflichtet werden. Bruch und Emilia stehen im Garten mit ihren Gummistiefeln im Wasser. Bruch hat Sandsäcke und Kunststoffbretter besorgt. Er hat die Kellerfenster zugenagelt und ist dabei, die Türen am unteren Rand abzudichten. Es regnet nach wie vor. Emilias Auto steht schon bis zur Hälfte der Reifen im Wasser. Bruch hat seinen Wagen oben an der Straße abgestellt, nachdem er die Jungs weggebracht hat.

»Ich geh nicht von hier weg«, sagt er. »Ich wohne hier.«

»Ja.«

»Was machen sie wohl, wenn die Evakuierung angeordnet wird und wir uns weigern zu gehen?«

»Ich glaube, in solchen Fällen kommt das Militär zum Einsatz.«

Emilia hat nicht mitgeholfen. Sie hat zugeschaut, wie er den letzten Sand herbeigeschleppt und die Säcke entlang der Rückwand des Hauses aufgetürmt hat. Er hat Hausrat nach oben getragen und Lebensmittel in Kartons gepackt. Leo war ganz außer Rand und Band und wollte unbedingt mit dem Boot in die Schule fahren.

»So schlimm ist es noch nicht«, sagte Bruch.

»Aber *wenn* es so schlimm ist, darf ich mit dem Boot in die Schule fahren, ja?«

»Ja.«

»Mit welchem Boot?«, hat Emilia gefragt.

»Wir haben doch ein Schlauchboot, oder? Meiner Meinung nach haben wir irgendwo ein Schlauchboot. Vielleicht kannst du mal danach suchen.« Sie ist zwar ins Haus gegangen, hat aber nicht nach dem Boot gesucht. Stattdessen hat sie auf die feuchten Stellen gestarrt, die sich auf dem Boden des Wintergartens entlang der Wände bildeten, auf die Küche, auf die blitzenden roten Schranktüren, auf die Holzleisten, auf den unermesslichen Platz auf der Arbeitsplatte. Sie hat Schubladen aufgezogen und wieder zugeschoben, lautlos wie Zungen, die ausgestreckt und wieder eingezogen wurden, und hat hineingeschaut, wie sauber alles darin war und so übersichtlich eingeteilt, dass sie die Sachen fast nicht wiedererkannte.

»Emilia!« Bruch steht vor ihr. »Hast du mich nicht gehört?«

»Nein, tut mir leid.«

»Hilf mir mal eben, okay?«

»Okay.«

Sie soll ein Brett halten, während er es festschraubt. Sie versteht nicht, wie Bretter vor den Holztüren das Wasser aufhalten könnten. Sie hat keinen guten Regenmantel, das Wasser rinnt ihr den Rücken hinunter. Ob er schon weiß, dass der Fußboden drinnen nass ist?

»Wollen wir kurz reingehen? Soll ich Kaffee machen?«

»Halt das bitte mal gerade.« Das renkt sich nie wieder ein. Sie retten ihr Haus, nicht ihre Ehe. »Ist das so schwer? Los!«

»Ich fühl mich nicht gut.«

»Nur noch eine Minute.« Sie hält das Brett gerade. Dass die Aufgabe so leicht ist, macht es gerade schwierig. Das Ganze ist zu geringfügig, um konzentriert dabei zu bleiben, sie driftet immer wieder ab.

»Okay. Lass es. Geh ruhig rein.« Er sagt das scheinbar neutral. Sie huscht in die Küche und lässt ihren Mantel auf den Boden fallen. Ihre Sachen sind nass. Sie macht Kaffee. Ihr Herz klopft zu schnell. Es klingelt. Sie schaut nach draußen, ob Bruch es auch gehört hat, doch der hat sich die Kapuze über den Kopf gezogen und schlägt gebückt mit dem Hammer auf etwas ein. Sie steckt ein kleines Küchenmesser in die Gesäßtasche ihrer Jeans und geht auf den Flur. Es ist der Briefträger mit einem Päckchen. Er trägt Gummistiefel, in die er die Hosenbeine gestopft hat. Sie sieht, wie er ihre nassen Sachen registriert. Er versucht, an ihr entlang ins Haus hineinzuschauen. Fragt, wie es bei ihnen steht, ob sie alles trocken halten können. Sie sagt, es sei alles prima, und schlägt ihm die Tür vor der Nase zu. Warum wohnt sie in einem Dorf? Warum wohnt sie genau wie früher in einem Dorf? Einem Dorf, wo der Briefträger die Nachbarn kennt und die Nachbarn immer Gesprächsbedarf haben. In dem Päckchen ist ihr Handy, mit einer Karte von Jacob. *Pass auf dich auf, Kleine. Wenn ich kommen und dich holen soll, komm ich.* Bruch kommt herein. Ohne etwas zu sagen, hebt er ihren Mantel vom Fußboden auf und legt ihn über einen Stuhl. Seinen eigenen Regenanzug hängt er an den Aussteller vom Oberlicht über der Terrassentür. Darunter legt er einen Putzlappen. Er gießt Kaffee ein und reicht ihr eine Tasse.

»Hast du dir eine Erkältung geholt?« Eine Erkältung ist nichts anderes als keine Lust zu haben, hat mal ein Dozent an der Uni zu ihr gesagt, als sie sich krank meldete.

»Ich weiß es nicht.«

»Was hast du denn?«

»Das weiß ich eben nicht.«

»Aber vielleicht könntest du mir erzählen, was dir fehlt. Hast du Fieber? Tut dir etwas weh? Ist dir schwindlig?« Seine Irritation lässt ihn langsamer sprechen. Als könne er nur mit angezogener Handbremse verhindern, dass er sie anschreit. Sie muss einfach irgendwas erfinden. Es braucht ja nicht zu stimmen. Sie kann einfach sagen, dass ihr übel und schwindlig ist. Dann kann sie nach oben gehen und sich hinlegen. Schlaf würde ihr guttun. Heute Nacht war sie wach. Sie hat nach den schlafenden Kindern gesehen. Vom Gedanken durchdrungen, wie verletzlich ihr Leben ist und wie leicht es passieren kann, dass so ein Leben völlig scheitert. Sie hat Bruch angeschaut und gedacht: Ich kenne dich doch. Immer wieder, wie ein Mantra. Ich kenne deinen Körper doch, deine unbehaarte schmale Brust, deine Leberflecken, deinen Hals, die Wuchsrichtung deiner Barthaare, die Form deiner Hüftknochen, deine Finger, deine Hände, deine Ellbogen, deine Hoden und wie sie herabhängen, deine Knie, deine Füße, wie dein Schweiß riecht, wie dein Mund schmeckt. Das kenne ich ganz genau.

»Em?«

»Warum bist du so unfreundlich?«

»Ich habe nur gefragt, was du hast. Ist das unfreundlich?«

»Du fragst das so …«

»So?«

»Ich weiß nicht.« Er ballt die Fäuste.

»Ich versuche dich zu verstehen.«

»Wirklich?«

Er sieht sie an. Die Zähne auf der Unterlippe. Nimm mich in deine Arme, denkt sie. Er stellt seine Tasse hin. Aus seiner Hosentasche kramt er Schrauben und Nägel hervor, die er auf der Arbeitsplatte zu sortieren beginnt. Sie nimmt ihr Handy und Jacobs Karte vom Tisch und schleicht die Treppe hinauf. Das Küchenmesser, das noch in ihrer Hosentasche steckt, legt sie auf die Fensterbank. Dann nimmt sie zwei Valium aus der Schachtel und schluckt beide auf einmal. Ihre nassen Sachen hängt sie über den Heizkörper. Sie hat einen Schluckauf. Einen Körper so genau zu kennen, ist das gleichbedeutend damit, jemandes Inneres zu kennen? Ergibt sich das eine aus dem anderen? Steckt in dem Körper und in der Unendlichkeit von Reaktionen und Tonfällen und Ausführungsweisen der alltäglichen Handlungen ein Kern? Peer Gynt. Wie war das noch gleich? Du kannst die Zwiebel häuten, aber du kannst so lange häuten, bis nichts übrig bleibt, weil eine Zwiebel nur aus Häuten besteht und keinen Kern hat, keine feste Mitte, keinen dem Blick verborgenen Diamanten. Sie schlüpft unter die weiche Bettdecke. Wenn Bruch sich doch zu ihr legte, seinen warmen Körper an sie presste, während der Regen durch alle Ritzen ins Haus einsickert.

16

Nachdem er den Teppichboden geschrubbt hatte, setzte er sich zu ihr aufs Bett. Er streichelte ihr über den Rücken. Bevor sie den Gedanken im Geiste formuliert hatte, sprach er ihn aus.

»Ich habe nicht zuerst den Teppich sauber gemacht, weil ich das wichtiger fand. Ich dachte nur, ich lass dich mal eben in Ruhe. Falls du das wolltest. Ich dachte, das wäre dir vielleicht recht.« Die Wange, die von ihrer Hand getroffen worden war, war röter als die andere.

»Ja.«

»Ich ...«

»Ja?«

»Em.«

»Es tut mir leid.«

»Mir auch.«

»Bruch.« Ihre kurzen, machtlosen Worte schwebten durchs Zimmer. Er wollte sie beruhigen, sprach aber verschlüsselt. Er sagte, sie könne ihm vertrauen.

»Vielleicht war es einfach das Hähnchen.«

»Was? Was für ein Hähnchen?«

»Eine Art Lebensmittelvergiftung.« Es war heraus, ehe sie sich's versah. Sie hatte überhaupt kein Hähnchen gegessen.

»Eher unwahrscheinlich.«

»Oh.«

»Aber möglich, wäre möglich«, lenkte er hastig ein. Er wusste, dass sie log.

»Ja.«

»Soll ich …«

»Was?«

»Kann ich etwas tun?«

»Was?«

»Kann ich etwas für dich tun?«

»Hm.«

»Oder soll ich …«

»Was?«

»Soll ich dich in Ruhe lassen?«

»Ja.«

»Kurz. Ich lass dich kurz. Ich schau dann bald wieder nach dir.« Er verließ still und rasch das Zimmer und schloss die Tür, behutsam, sie sah es ihn im Geiste tun, langsam die Klinke loslassend, den Kopf schiefgelegt, die Augen nach unten. Natürlich dachte sie, ihr unvermittelter körperlicher Reflex bedeutete, dass es nicht so folgenlos war, so irrelevant und ein für alle Mal vorbei, wie sie angenommen hatte. Natürlich spielte sie mit dem Gedanken, es ihm zu erzählen. Aber danach schlief sie ein. Eine Stunde später wurde sie wach, weil Bruch ihr Tee und Erdbeeren brachte. Über den Vorfall wurde nicht mehr gesprochen. Emilia vergaß, dass er stattgefunden hatte. Wie sie auch vergaß, dass die Vergewaltigung stattgefunden hatte. Vergaß, weil sie glücklich war. Glücklich war, weil sie vergaß. Oder dachte sie nur, dass sie glücklich war? War Glück auf der Grundlage, dass Aspekte ausgeblendet wurden, die für die eigene Person von entscheidender Bedeutung waren, denn Glück? Konnte man bei näherer Betrachtung sagen, dass etwas kein Glück war, obwohl es sich so anfühlte? Hatte Glück überhaupt etwas mit solchen Sachen zu tun? War Glück in seiner reinsten, immateriellen Gestalt nicht weit jenseits von … Ereignissen? Sie hat es nicht vergessen. Die Wahrheit ist, dass sie es nie vergessen hat und phasenweise täglich daran gedacht hat.

Unten hört sie Bruch mit dem Hammer auf Holz schlagen. Aus dem Augenwinkel sieht sie das kleine Messer. Von jetzt an wird sie ein Messer bei sich tragen, und sie wird sich nicht scheuen, es auch zu benutzen. Aber dieses Küchenmesser ist ein Witz. Sie braucht so ein Messer, bei dem die Klinge in den Griff geklappt werden kann und mittels einer Feder rausspringt, wie heißt so was noch, Springmesser? Sie ist noch nicht auf dem Dachboden gewesen. Ob er schon ganz fertig ist? Ob die nicht mehr kommen? Das kalte, graue Mittagslicht macht alles fahl. Sie darf nicht verschlafen. Nicht schon wieder. Sie muss um halb drei nach unten gehen, als wenn nichts wäre, und die Jungs abholen. Geht Bruch noch zur Arbeit? Warum ist er zu Hause? Ach nein, sie kann die Jungs nicht abholen, nicht mit dem Valium im Blut. Dann muss sie eben mit dem Rad fahren. Aber mit dem Rad braucht man mehr als anderthalb Stunden. Und sie kann auf ihrem Rad keine zwei Kinder transportieren. Dann muss sie zuerst Leo holen und danach Osip. Aber wenn sie das macht, fragt Bruch, warum sie das macht. Und wenn sie sagt, warum, fährt er sie abholen. Es sei denn, er ist weg. Aber wenn er weg ist, kann sie Leo nicht allein zu Hause lassen. Wenn er weg ist, fährt sie vielleicht doch mit dem Auto. Es ist ja nur ein kleines Stück. Und nur auf dem Rückweg, wenn sie die Jungs an Bord hat, ist es wirklich wichtig, dass alles gut geht. Obwohl. Sie muss ja schon dort ankommen. Ein Schnappmesser. So heißt das. Bruch müsste ihr wieder Tee und Erdbeeren bringen. Es ist nicht ausgeschlossen, dass er sich auch daran erinnert fühlt. Wenn er das tut, wenn er mir Erdbeeren bringt, erzähle ich ihm alles. Und wenn er es nicht tut, sie sagt es laut, ihre Stimme klingt merkwürdig, wenn er es nicht tut, erzähle ich ihm nichts. Wenn, dann, wenn, dann.

Als sie wach wird, ist es dunkel. Auf dem Tischchen neben ihrem Bett stehen Tee und ein Schälchen Kekse. Es ist Viertel vor neun. Es regnet immer noch. Im Haus ist es still. Sie schließt ihr Handy zum Aufladen an die Steckdose an und schaut sich die eingegangenen Mitteilungen an. Kollegen, Klienten, Bruch zwanzigmal, Leos Schule. Im Spiegel sieht sie, wie miserabel sie aussieht. Die Kinder schlafen. Sie deckt Leo gut zu und legt ihm sein auf den Boden gefallenes Äffchen in die Arme. Dann wäscht sie sich die Haare und bleibt lange unter der Dusche stehen. Sie fühlt sich besser. Es geht ihr wieder gut. Relativ gut. Sie muss nach unten gehen, sich entschuldigen, sagen, dass es vorbei ist, nur eine Anwandlung war, die sie selbst auch nicht versteht. Ob Bruch das akzeptiert? Sie kann ihn dadurch überzeugen, dass sie sich ganz normal verhält. Wach und klar ist. Fragen stellt, nicht zu vergessen. Sie wird bei den Maßnahmen gegen die Überschwemmung helfen. Sich auch in die Sache vertiefen. Und sie muss ihre Kündigung schreiben. Dann braucht sie daran nicht mehr zu denken. Dann kann sie ihre ganze Energie und Zeit auf ihr gemeinsames Leben verwenden. Dann wird es auch wirklich bessergehen, und diese Episode hat ein Ende. Dann ist ein Anfang und ein Ende gemacht. Das wäre gut. Das ist möglich. Es ist nicht das erste Mal. Sie hat keine Zeit und kann sich nicht absondern. Aber es ist machbar. Sie zieht sich an. Schminkt sich ein wenig. So sieht sie prima aus.

Unten läuft Musik. Bruch sitzt am Tisch. Sein Laptop ist aufgeklappt, und daneben liegen Papiere. Auf dem Fußboden stehen Kisten mit Krimskrams. Lebensmittel, Schnur, ein Radio, Streichhölzer fallen ihr bei einem kurzen Blick ins Auge. Sie werden sich also nicht evakuieren lassen. Sie werden ihr Lager auf dem Dachboden aufschlagen. Sie denkt an Fotos von der Flut 1953, von aus dem Wasser ragenden Turmspitzen, Menschen, die aus Dachfenstern in kleine Boote klettern. Bruch sitzt mit dem Rücken zu ihr, seinem schmalen, starken Rücken. Seine Haare sind lang.

»Hallo.«

»Hallo.« Er dreht sich nicht um.

»Entschuldige, ich weiß nicht, was ich hatte, Lebensmittelvergiftung, Nervenzusammenbruch. Jedenfalls ist es jetzt vorbei.« Lebensmittelvergiftung, da ist sie wieder. Sie sollte Hähnchen sagen und gucken, wie er reagiert.

»Ach ja?«

»Ja.« Sie setzt sich ihm gegenüber an den Tisch. »Wirklich. Bring mich mal kurz auf den neuesten Stand.« Sie zeigt auf den Tisch.

»Ich habe Jacob angerufen.«

»Was? Warum?«

»Ich habe nicht geglaubt, dass du bei ihm warst.«

»O Gott.«

»Aber wenn du nicht bei ihm gewesen wärst, hätte er wahrscheinlich dasselbe gesagt. Er hat deine Geschichte bestätigt, aber gut, was kann ich mir dafür kaufen?«

»Was du dir dafür kaufen kannst?«

»Nachts liegst du nicht in deinem Bett. Du bist erschöpft. Du bist abwesend und distanziert.«

»Ich habe sehr schlecht geschlafen.«

»Ja. Aber warum?«

»Warum?«

»Warum.«

»Können wir später darüber reden?«

»Geht alles, Emilia.«

»Gut, dann reden wir später darüber, ja? Ich muss erst ein bisschen zu mir kommen.«

»Willst du ausgehen?«

»Hä?«

»Du siehst aus, als wolltest du ausgehen.« Er denkt, dass sie ein Verhältnis hat! Vielleicht sollte sie ihn in dem Wahn lassen. Vielleicht wäre das der einzige Weg, um alles vom Hals zu haben.

»Erzähl mir vom Wasser. Ich bin nicht auf dem neuesten Stand.«

Bruch erhebt sich und dreht eine sinnlose Runde durch die Küche. Er bleibt am Tisch stehen und dreht dann noch einmal die gleiche Runde. Wer führt sich hier eigentlich merkwürdig auf?

»Bruch.«

»Nein.« Nein. Emilia kommt sich wie ein Kind vor, das man auf den Flur hinausgeschickt hat. Davon darf sie sich nicht einschüchtern lassen. Sie muss etwas tun. Sie ist die Schuldige.

»Hast du Hunger?« Zu spät. Sie nickt, und er beginnt, Käse und Butter und Tomaten und Brot auf den Tisch zu stellen. Vielleicht knallt er die Sachen eher auf den Tisch, aber sie kann im Moment auch nicht so genau zwischen dem einen und dem anderen unterscheiden.

»Als wir gerade hier wohnten, in den ersten Wochen, in dem Nachsommer damals, Leo in seinem Weidenkorb. Weißt du noch? Wir arbeiteten beide nicht. Weißt du noch? Weißt du noch, wie glücklich wir waren?« Es ist fast so wie nach dem Theater, als sie in dem Lokal die Erinnerung an ihren Schwangerschaftstest auffrischte. Er sieht sie an, als wollte sie ihm irgendeine Falle stellen. »Ich will auf nichts anspielen, ich muss nur gerade daran denken.«

»Was meinst du mit ›Ich will auf nichts anspielen‹?«

»Wie ich's sage.«

»Aber das sagt man meist, wenn man sehr wohl auf etwas anspielt. Etwas anderes meint. Was meinst du denn eigentlich? Bist du dabei, Bilanz zu ziehen?«

»Ganz und gar nicht! Hör auf!« Sie sitzen sich gegenüber und schweigen beide. Dann greift er zum Messer und beginnt, Brot zu schneiden. Er bestreicht eine Scheibe mit Butter und hobelt ein paar Scheibchen Käse darauf. Gießt Tee für sie ein. Erläutert die aktuelle Situation. Er hat Bretter vor die Türen auf der Rückseite des Hauses genagelt und rund ums Haus Sandsäcke aufgetürmt.

»Wie hast du das eigentlich geschafft?« Sand ist schwer. Sie hat gesehen, welche Anstrengung und wie viel Zeit ihn die letzten Säcke kosteten, die dann doch so wenig hergaben.

»Robert und seine Jungs haben mir geholfen.«

»Wer ist Robert?«

»Einer von den Handwerkern. Die Treppe haben wir vertagt.«

»Was?« Du liebe Güte, sie hat überhaupt nicht aufgepasst. Wusste sie, dass der Robert hieß? Was entgeht ihr eigentlich noch alles? Bruch redet schon wieder weiter. Er habe eine Pumpe für den Keller gekauft, und sie würden Notpakete auf den Dachboden stellen. Es werde vorläufig weiter regnen, und man gehe davon aus, dass das Wasser weiter ansteigen werde. Die Kinder könnten bei Douwe und Sophie bleiben. Dann könne Leo weiter zur Schule gehen. Er selbst habe sich Urlaub genommen. In Bruchs Erzählung schleicht sich etwas Aufgekratztes. Deshalb also will er sich nicht evakuieren lassen, nicht, weil er das Haus nicht im Stich lassen will oder weil er die Autorität dieser Gemeindebeamten nicht anerkennt, nein, er findet das spannend. Sie fragt, ob er die nassen Stellen im Wintergarten gesehen hat. Er zuckt mit den Schultern. Mit der Pumpe im Keller werde sich das schon geben. Sie trinken Tee und essen Brote. Er legt die Hände auf ihre Hände. Sie sagt, dass sie die Küche schön findet.

Als sie aufstehen, um den Tisch abzuräumen, und dann das Licht löschen, nimmt er sie in die Arme und zieht sie an sich. Er riecht nach Schweiß. Er streichelt ihr über den Rücken, lässt die Hände auf ihrem Po liegen. Ihr stockt der Atem, sie sucht einen Ausweg aus seinem Griff. Das Licht ist schon aus, sie war schon mit ihm auf dem Weg nach oben, sie kann nicht auf einmal nicht mehr mitgehen. Er schiebt die Finger unter ihren Hosenbund, hebt mit der anderen Hand ihren Pullover an, zwickt sie in die Seite, malt mit den Nägeln sanfte Kreise auf ihre Haut.

Sie lehnt kraftlos an ihm, benommene Stille im Kopf. Er flüstert ihren Namen. Sie muss auch etwas sagen. Und etwas tun. Aber sie kann ihre Arme nicht bewegen. Er hakt die Finger in ihre Haare. Sie denkt wieder an die Erdbeeren von damals. Wie kann es sein, dass sie es damals konnte und jetzt nicht mehr? Gott sei Dank hat sie das Valium genommen, sonst würde sie jetzt vollends in Panik geraten. Er lässt sie los, nimmt sie bei der Hand, zieht sie mit. Sie gehen die Treppe hinauf. Langsam, ihre Augen auf der Höhe seiner Hüften. Sie hat noch ein paar Meter, noch eine Minute. Im Dunkeln kleiden sie sich aus. Es ist kalt im Zimmer. Draußen vor dem Fenster tiefes Schwarz. Sie schlüpfen unter die Bettdecke. Er küsst ihren Hals, legt das Gesicht auf ihre Brust. Sie kann sich noch immer nicht bewegen. Denkt an Eddy, an Marieke, die dessen Berührungen versteinert über sich ergehen ließ. Sie haben ihn nicht hart genug angefasst. Eddy. Arschloch.

»Emilia?« Bruch hebt den Kopf, schwebt über ihrem Gesicht, sie weiß, dass er es ist. Sie muss sich hingeben. Sie muss sich möglichst weich und zugänglich machen und darf sich nicht bewegen.

Die Tür geht auf.

»Papa? Ich hatte einen bösen Traum.«

Leo.

Jeder schläft in seinem eigenen Bett, lautet die Abmachung, aber sie nehmen ihn in ihre Mitte. Sein Flanellpyjama an ihrer Haut, sein weiches Haar unter ihrer Hand. In seinem Nacken findet sie Bruchs Hand und legt die ihre darauf. Ein dünner Draht windet sich von hier nach früher, ein Draht durch die Zeit. Der Moment dockt problemlos an den Anfang an, an den Anfang des gemeinsamen Lebens, den Anfang von Leos Leben, als das Glück ein rauschhafter Seinszustand war und nicht etwas, das man entlarven konnte. Die Zeit weist eine Krümmung auf, was vor Jahren war, ist jetzt näher als gestern.

17

Als sie zurückkommt, steht er mit dem Rücken zu ihr vor dem Fenster. Sie hängt ihren Mantel an die Türklinke und kickt ihre Stiefel in den Flur. Auf dem Schulhof war nur noch vom Wasser die Rede. Mehrere Kinder waren nicht in der Schule, weil sich ihre Eltern dazu entschlossen haben, das Dorf zu verlassen. Durch den Fußboden dringt das eintönige Geräusch der Pumpe herauf. Emilia ist müde. Letzte Nacht konnte sie nicht schlafen. Sie hatte ja auch schon den ganzen Tag über im Bett gelegen. Zuerst war es schön, Bruch und Leo so nah bei sich zu haben. Aber dann wurde es ihr zu warm und beengt, und sie fühlte sich gefangen von deren warmen Gliedmaßen auf den ihren. Sie wand ihre Hand unter Bruchs Hand hervor, hob Leos Arm von sich herunter und ließ sich dann leise aus dem Bett gleiten. Schlich aus dem Zimmer, wie sie früher nachts aus dem Haus geschlichen war, auf Zehenspitzen, immer wieder minutenlang wartend, um sich zu vergewissern, dass auch niemand sie hörte, dass alles blieb, wie es war. Sie fürchtete, Bruch könnte aufwachen und hinter ihr herkommen, um zu Ende zu bringen, womit sie angefangen hatten, huschte die Treppe hinunter und ging in den Wintergarten. Dort klappte sie ihren Laptop auf und setzte sich, in eine Decke gehüllt, aufs Sofa. Täuschte sie sich, oder war das Sofa feucht? Sie las endlich die Mail von Marieke, die Reaktionen ihrer Kollegen, die Mails von Josepha, die Mails von Eddy an sie und Josepha. Eine Mail von Eddy, nur an sie, in der er schrieb, wie sehr er von ihrer Freundschaft enttäuscht sei. Sie starrte eine Zeitlang auf diesen Satz.

Sie setzte ein Kündigungsschreiben auf, realisierte dann aber, dass sie natürlich nicht einfach kündigen konnte, da sie ja Mitinhaberin war. Sie musste irgendeine Regelung finden, finanziell, sie hatte keine Ahnung. In einer Mail an Josepha und Eddy schrieb sie, dass sie sich mit ihnen zu einem Gespräch über ihren Weggang treffen wolle. Die jetzige Situation mit Eddy sei nicht der Grund dafür, aber schon der Tropfen, der das Fass zum Überlaufen gebracht habe. Welches Fass eigentlich?, fragte sie sich dann und löschte diesen Satz. Danach verwarf sie die ganze Mail. Bei manchen Menschen wird erst jenseits eines bestimmten Alters deutlich, wie widerwärtig sie sind, als entschärfe die Jugendlichkeit bis dahin ihren lausigen Charakter. Eddy war so jemand. Sie wurde sich bewusst, dass er schon immer ein Arschloch gewesen war. Aber sie waren zu viert, und irgendwie gab er etwas von seiner großkotzigen Art an die anderen ab, die weniger davon an sich hatten; auf vier verteilt, war sie entsprechend verdünnt. Doch für sich genommen und bei näherer Betrachtung war Eddy schon immer ein Arschloch, und Josepha war zu lieb. Zog sie jetzt Bilanz? Vielleicht hatte Bruch recht, als er das sagte. Aber das hatte nichts mit ihnen zu tun, wie kam er darauf? Sie stand mit ausgestreckten Armen auf der anderen Seite des Mississippi und versuchte ihn zu erreichen ... Sie sollte nach oben zurückgehen, Leo aus ihrem Bett heben, ihn leise in sein eigenes Bett zurückbringen und sich dann neben Bruch legen, ihn berühren, ihn wecken.

Sie suchte im Internet nach Einträgen zu Überschwemmungen und fand die Seite, die Bruch zurate gezogen hatte, jedenfalls stand alles, was er unternommen hatte, Punkt für Punkt dort aufgelistet. Nach ein paar Stunden ging sie zurück. Leise und so nah wie möglich an der Bettkante las sie beim Schein einer Taschenlampe. Schließlich war sie eingeschlafen.

Die tagtäglichen Verpflichtungen hatten den Vormittag vorangetrieben. Butterbrote schmieren, den Kindern Dampf machen, die nichts lieber wollten, als im Schlafanzug mit ihrem Spielzeug herumzutrödeln, aber sie mussten essen, sich anziehen, Zähne putzen. Leo war weinerlich und sagte, er habe Bauchschmerzen.

Er war einmal von einer Wespe gestochen worden, und Emilia hatte das bagatellisiert, weil sie dachte, er tue nur so, weil er eifersüchtig auf Osip war, der an dem Tag gestochen worden war und deswegen viel Beachtung fand. Aber dann hatte sie plötzlich die immer größer werdende Schwellung an seinem Bein gesehen. Wie konnte es sein, dass er so unglaubwürdig war, als er aufschrie, wie konnte es sein, dass ihr der echte Schmerz bei seiner Reaktion total entgangen war? Heute Morgen legte sie die Hände auf Leos warmen Bauch und fragte, wo es wehtue. Sie nahm ihn in die Arme und tröstete ihn und versprach, es der Lehrerin zu sagen, und auch, dass sie ihn holen würde, wenn es sich nicht legte. Fürs Erste genügte ihm das. Sie dachte: Ich bringe dich weg, ich deponiere dich, weil du in deiner Klasse besser aufgehoben bist, weil ich nicht weiß, wie ich selbst den Tag überstehen soll, weil

ich mich selbst nicht auf mich verlassen kann. Als sie auf-
schaute, ertappte sie Bruch bei einem so kühlen, distan-
zierten Blick, dass ihr angst und bange wurde.

Auf dem Rückweg ist sie immer langsamer gefahren.

Bruch dreht sich um.

»So«, sagt er.

Ganz gegen ihren Vorsatz, offen und nett zu sein, fla-
ckert Ärger in ihr auf. Was *so*? Sie wartet kurz. Er macht
nichts.

»Gib mir mal einen Auftrag. Sag, was ich tun soll.« Sie
sagt das so aufgeräumt, wie es ihr möglich ist.

»Vielleicht könntest du eine Reisetasche für die Kinder
packen. Heute Nachmittag bringe ich sie zu Sophie. Ab
morgen haben wir keinen Garten mehr, dann grenzt der
Fluss direkt an unser Haus.«

»Wissen die Jungs das schon?«

»Wir können sie nachher zusammen wegbringen.«

»Okay.«

»Musst du nicht arbeiten?«

»Nein.«

»Oh.«

»Ich höre auf. Aber ich weiß nicht, wie das läuft. Finanziell. Ich weiß nicht, wie ich da gebunden bin. Das muss
ich noch klären.«

»Und was willst du dann machen?«

»Das Übliche.«

»Das Übliche?«

»Ich denke schon, dass ich eine Weile auskomme.«

»Und dann?«

»Ich werde einfach weiter schreiben und recherchie-
ren.«

»Es gibt bestimmt eine Konkurrenzklausel.«

»Ich werde sehen. Ich will mich nicht absichern.«

»Eben.«

»Ich glaube nicht mehr daran.«

»Woran?«

»sos, Eddy und Josepha.«

»Die Liebe ist vorbei.«

»Ja. So was in der Art.«

Sie verstummen.

»Die Liebe zu sos.«

»Ja, davon sprachen wir.«

»Nicht zu dir.«

»Warum sagst du das?«

»Weil du das denkst.«

»Tu ich das?«

Sie sollte zu ihm gehen und die Arme um ihn schlingen. Sie sollte den Kopf an ihn schmiegen. Sie sollte ihn schlagen. Sie sollte den Kopf in ihn hineinrammen. So, wie er dasteht, sieht er genauso verloren aus, wie sie sich fühlt.

»Findest du es nicht …« Er sucht nach einem Wort, findet es, verwirft es, gebraucht es dann doch, langgezogen, »… *seltsam*, dass du das nicht mit mir absprichst? Das hat doch was mit unserem Leben zu tun, oder?« Er presst die Zehen gegen den Boden, sie sieht es, er stößt sich ab, sein Fuß stößt sich ab.

»Was?«

»Zeit, Geld … Konsequenzen, verdammt, Emilia.«

»Es ist meine Entscheidung.« Sie hat Hunger, sie hat noch nicht gefrühstückt, hinter seinem Rücken liegen die Trümmer des Frühstücks der anderen.

»Natürlich.«

»Meine Firma, mein Geld, meine Sache. Du könntest nicht *nicht* damit einverstanden sein, von daher ...« Sie tritt an die Arbeitsplatte, fischt sich eine Scheibe Brot aus der Tüte, sucht nach der Erdnussbutter.

»Darum geht es nicht.«

»... Wieso sollte ich etwas mit dir absprechen, wenn gar kein anderes Ergebnis dabei herauskommen kann?«

»Weil wir unser Leben miteinander teilen!«

»Aber wenn deine Meinung keine Rolle spielt ... nicht für die Entscheidung ... dann macht es doch nichts, wenn –«

»Das meinst du nicht wirklich, oder?« Emilia meint gar nichts, oder glaubt es jedenfalls. Es scheint, als sage sie einfach irgendwas, als finde sie, was gerade aus ihrem Mund herauskommt. Bruch schüttelt den Kopf, so ostentativ und dick aufgetragen wie ein schlechter Schauspieler. Sie bestreicht ihre Scheibe Brot mit Erdnussbutter. Nimmt einen Bissen davon. Dreht sich um.

»Ich sage einfach irgendwas, ich weiß nicht, was ich meine.« Sie sagt es mit vollem Mund. Hat er das früher auch schon gemacht, dass er so die Fäuste ballt? Das ist etwas aus den letzten Wochen, und es ist nur eine Frage der Zeit, bis er sie mit diesen Fäusten trifft. Warum sonst sollte er sie – in Vorwegnahme dessen, was sein Hirn wahrscheinlich noch gar nicht erfasst hat – ständig im Anschlag haben? Und warum sonst dieser sich abstoßende Fuß?

»Siehst du dich vor?«

»Was?«

»Mit dieser Aggression?«

»Wovon sprichst du?« Na bitte, er merkt noch gar nichts. Er presst eine Faust in die andere Hand. Sie zeigt darauf. Er sieht es auch, und dann schüttelt er wieder lange entmutigt den Kopf. Er geht aus der Küche und lässt sie allein zurück. Ein blauer Plastikeimer dümpelt durch den Garten. Sie muss eine Reisetasche für die Jungs packen.

Er schlug ihr mit der Faust ins Gesicht, er trat sie, er pflanzte den Unterarm quer auf ihre Kehle, klemmte ihre Arme hinter ihrem Rücken fest, drückte ihr mit beiden Händen die Kehle zu. Beschimpfte sie.

Bruch kommt in die Küche zurück und beginnt, den Tischbeinen Mülltüten überzuziehen. Mit Klebeband befestigt er sie am oberen Rand. Dann stellt er die Stühle auf die Tischplatte. Er sagt nichts zu ihr.

Er zog den Kissenbezug ab und stülpte ihn über ihren Kopf. Er zog ihr die Hose von den Beinen. Sie hörte ihn spucken.

Bruch ist fertig mit dem Tisch. Was wird er jetzt machen? Sie spricht sich nicht über ihren Weggang bei sos mit ihm ab, aber er spricht sich auch nicht mit ihr ab. Er teilt einfach mit, dass die Kinder zu Douwe und Sophie gehen. Und was ist mit ihnen?

»Könntest du mir erst mal mit dem Sofa helfen? Ich möchte es solange ins Schlafzimmer stellen.« Sie folgt ihm in den Wintergarten. Es ist ein grau-grün gestreiftes Sofa mit leicht geschwungenen Beinen. Sie werfen die Polster und die Decke auf den Sessel. Heben das Ding jeder auf einer Seite an und tragen es zur Treppe.

»In der Biegung kippen wir es mit den Beinen zu der Seite.« Er zeigt die Richtung mit einem Kopfruck an. »Möchtest du unten gehen oder oben? Ich glaube, du kannst besser oben stehen.«

»Dann gehe ich nach oben.«

Als das Sofa am Wendepunkt stecken bleibt, ruhen sie sich kurz aus. Das Sofa ist schwer und unhandlich. Oben klingelt ihr Handy. Sie spitzt die Ohren, bis es aufhört. Dann bugsieren sie das Möbelstück in einen anderen Winkel. Er schiebt, sie zieht, das Monstrum bewegt sich, sie bekommen es auf den oberen Flur. Die Schlafzimmertür ist zu schmal, sie kippen das Sofa auf die Seite und drehen es auf den Kopf, winden die Beine um den Türrahmen herum, drücken und schieben und kriegen es schließlich rein. Sie stellen es ans Fußende vom Bett, und Bruch setzt sich. Er hat das Sofa schon länger, als er sie hat, es ist ein bisschen abgewetzt und müsste neu bezogen werden. Emilias Handy klingelt erneut. Es ist Jacob.

»Emilia.«

»Hallo, Kleine, sitzt Bruch neben dir?«

»Woher weißt du das?«

»Das höre ich dir an. Alles in Ordnung?«

»Mwa.«

»Soll ich später noch mal anrufen?«

»Ja. Besser.«

»Ruf du mich an.«

»Jep.« Sie legt auf. »Jacob.« Sie wedelt mit dem Handy in Bruchs Richtung.

»Kurzes Gespräch.«

»Ich pack jetzt mal die Tasche für die Jungs.« Sie schlägt die Tür hinter sich zu.

Könnte man, so wie manche Leute plötzlich katholisch werden, auch irgendwann sagen, dass man keinen Sex mehr will, nie mehr? Er geht die Treppe runter, sie hört seinen Schritten die Wut an. Sie wirft Stofftiere,

Schlafanzüge, Anziehsachen und Zahnbürsten in eine Tasche. Zieht die Betten ab und stopft die Bettwäsche in die Waschmaschine. Wirft herumliegendes Spielzeug in Kästen und Schubladen. Arrangiert Osips Stofftiere zu einem Gruppenporträt. Ordnet Steine und Muscheln und Schnickschnack auf Leos Fensterbank. Sie will kein zölibatäres Leben. Sie will das nur sagen, um ihre Ruhe zu haben. Wie sie ihn auch in dem Wahn lassen will, dass sie eine Affäre hat.

Ihn verlassen ginge auch.

18

E s war Frühsommer, gegen Abend, Emilia hatte ihre Abschlussurkunde bekommen. Beim anschließenden Empfang hatten ihre Brüder den Wein ausgesoffen, ohne auch nur ihre Mäntel abzulegen. Anschließend war sie mit ihnen in die Stadt gegangen, zum Chinesen in der Hoogstraat. Jacob kaute mit geschlossenen Augen und trank vier Kännchen Jasmintee. Die Heroinepisode lag noch relativ frisch hinter ihnen, Jacob war erst seit ein paar Wochen von seinem Klinikaufenthalt zurück. Seine Genusssucht schien sich nun auf alles ausgeweitet zu haben. Als sie auf sein Gesicht mit den geschlossenen Augen schaute, auf das Bild konzentrierter Hingabe, spürte sie, dass in ihr selbst etwas Radikales schlummerte, die Bereitschaft, irgendetwas Irres zu machen. Über seinen Augenbrauen war das Haar zu kurz und zu gerade geschnitten. Viktor hatte zu einer seiner ermüdenden Tiraden gegen den Kapitalismus angesetzt. Emilia rollte lackierte Ente in Pfannkuchenstückchen und knabberte Gurken-Julienne. Sie wollte noch zu einer Party gehen. Auch Eddy, Martijn und Josepha hatten ihre Abschlussurkunden bekommen und einen Raum über einer Kneipe angemietet. Sie hatte Geschenke und den Text einer Ansprache auf Jo in ihrer Tasche. Aber nachdem sie Viktor bei sich zu Hause abgesetzt hatten, blieb sie mit Jacob auf dem Nieuwmarkt hängen.

Wenn sie einen Moment wählen könnte, den sie festhalten und noch einmal erleben dürfte, nur ganz kurz, bevor die Zeit sie wieder in die unvermeidliche Richtung weiterhetzen würde, dann wäre es dieser Abend. Sie hatte ohne Vater und Mutter ihr Studium absolviert; sie war etwas geworden, Soziologin, erwachsen; sie hatte sich endgültig freigeschwommen. Und zugleich war sie noch nirgends gebunden. Wenn man sich jemandem hingibt – einem Mann, einem Kind –, verliert man unwiderruflich etwas von sich selbst, aber man ignoriert das, weil einem das, was man verliert, in dem Moment nicht so viel bedeutet: Man büßt seinen ungeformten Zustand ein. Jetzt wünschte sie, dass sie so ... frei wäre, dass sie zu dem Moment zurück könnte, bevor ihr Leben geordnet wurde.

»Emilia!!« Sie löst sich von ihren Gedanken, von Leos Fenster. Reißt die Zimmertür auf. Bruch steht vor ihr. Er sieht nicht mehr wie ein Arzt aus, ihr Ehemann. Er sieht aus wie ein Maschinenschlosser, ein Bootsmann, jemand, der mit den Händen arbeitet. Sein Gesicht ist schmutzig. Er hat ein Pflaster um den Daumen. An seinem ausgestreckten Arm hängt ihr Regenmantel.

»Wir fahren.« Sein Blick wandert durch das aufgeräumte Zimmer. Was denkt er? Sie bringen die Kinder weg. Sie stellen die Möbel hoch. Sie nageln die Türen zu. Sie schließen sich selbst ein.

Sie geht hinter ihm her den Deich hinauf zu seinem Auto.

»Wieso kommen sie zu Sophie und Douwe und nicht nach Amsterdam?«, ruft sie in seinen Rücken. Er verlangsamt seine Schritte, aber dreht sich nicht um. Er steigt ins

Auto. Sie steigt ins Auto. Er startet den Motor und legt die Hände aufs Lenkrad.

»Ich glaube nicht, dass man Jacob und Lieke zwei kleine Kinder anvertrauen kann.«

»Nicht?«

»Erstens sind sie nie zu Hause.«

»Ach ja.«

»Du müsstest also mit zu ihnen gehen.«

»Hm.«

»Oder?«

»Und das möchtest du nicht.«

»Ich möchte das hier nicht komplett alleine machen.« Er legt die Betonung auf komplett.

»Es geht dir also nicht so sehr darum, dass ich da bin, sondern du willst einfach nicht alles ganz alleine machen.«

»Es wäre schön, wenn wir das zusammen machen würden.«

»Okay.«

»Okay?«

»Ja, natürlich.«

»Gut.«

»Gut.« Kann man mit einem so kümmerlichen Bündel Worte zueinanderfinden? Sie sind verheiratet, sie haben eine gemeinsame Geschichte, sie haben Kinder. Dinge, die dafür sorgen werden, dass es nicht scheitert. *Damit geht man nicht leichtfertig um*, hört sie ihre Tante Jane auf einmal in einer glasklaren Erinnerung sagen. Sie, ihre Mutter und ihre Tante am Küchentisch im staubigen Nachmittagslicht, das auf die Rückseite des Hauses fällt, draußen Himmel und Wiese, immer Wind, eine kreisrunde Wäschespinne mit verwaschenen Lappen, die sich langsam und quietschend dreht. Onkel Piet zieht zu seiner Freundin. Emilias Mutter sagt: Leichtfertigkeit ist der Erzfeind einer Ehe.

Sie holen zuerst Osip ab. Mit der Kitaleiterin wechseln sie ein paar Worte über das Wetter und das Wasser. Auf dem Schulhof wiederholt sich das Gespräch. Bruch kennt alle, viel besser als sie. Er weiß, wie sie heißen. Die Leute reden offenbar gern mit ihm. Sie begutachten sein Outfit. Er bringt sie auf den neuesten Stand, wie es um ihr Haus bestellt ist. Jemand erkundigt sich nach der Pumpe. Jemand erkundigt sich nach den Sandsäcken. Bruch legt die Hand auf den Arm seines Gegenübers, wenn er etwas sagt. Die Wasserstände werden beziffert. In Millimetern. Bruch erkundigt sich seinerseits, sie sind nicht die einzigen, denen das Wasser Probleme bereitet, aber sie sind die einzigen, die im Deichvorland wohnen. Emilia steht stumm neben ihrem Mann, klammert sich an ihrem Regenschirm fest und zupft an Osips Haaren. Die Schule ist aus. Die Lehrerinnen kommen eine nach der anderen heraus, die Kinder brav im Gänsemarsch hinter ihnen her. Leo rennt ausgelassen auf sie zu, freudig überrascht, dass sie da alle zusammen stehen, bremst aber aus ebendiesem Grund auf halbem Wege ab. Unheil. Sie knuddelt ihn, während sie unbeholfen den Regenschirm hochhält. Als sie ihm sagt, dass Osip und er auswärts übernachten werden, verfinstert sich seine Miene. Im Auto fängt er an zu weinen. Bruch schenkt dem keine Beachtung. Emilia ist zwischen Mitleid und Verärgerung hin- und hergerissen.

»Sieh es doch als Abenteuer«, sagt sie. »Und es ist nur für ein paar Nächte.«

»Ich will bei dir sein.«

»Papa und Mama müssen ganz schwer arbeiten, wir müssen ganz viele Sachen machen.«

»Ich kann doch helfen!«

»Nein, Spatz, kannst du nicht.« Er weint noch heftiger.

»Aber ich hab schon Lust dazu«, sagt Osip. Leo versetzt ihm einen Rippenstoß. Jetzt plärrt auch Osip. Emilia kramt im Handschuhfach.

»Was suchst du?«

»Süßigkeiten.« Im Handschuhfach liegt alles Mögliche, aber nichts Süßes. Sie löst den Sicherheitsgurt, kniet sich umgedreht auf den Sitz und zieht die Kopfstütze weg. Leo macht ein böses Gesicht. Osip zieht eine Flunsch. Emilia drückt eine Hand, streicht über einen Kopf, summt etwas, verspricht, dass es ihnen gefallen wird.

»Haben die Kinder?«

»Große Kinder.«

»Muss ich morgen zur Schule?«

»Morgen schon, aber danach ist Wochenende.«

»Muss ich am Wochenende auch bei denen bleiben?«

»Vielleicht.«

»Das will ich nicht.« Leo fängt wieder an zu weinen. Emilia fragt Bruch auf Englisch, ob sie die beiden nicht doch einfach mit nach Hause nehmen sollen. Es werde doch bestimmt nicht … nicht auf einmal … nicht bis in den ersten Stock … Bruch brummelt nur vor sich hin.

»Was sagst du?«, ruft Leo.

»Ich bitte dich, Emilia!« Bruch wirft ihr einen Seitenblick zu.

»Was?«

»Spinn nicht rum.«

»Okay.«

»Warum hast du Englisch gesprochen?«

»Einfach so.«

»Weil ich das nicht hören darf.«

»Ja.«

»Du bist doof.«

»Du bist lieb.« Er schlägt ihre Hand weg, mit der sie ihm über den Kopf streichen will.

»Du bist auch lieb, Mama«, ruft Osip. Bruch biegt in die Auffahrt zu dem Haus neben dem Haus ein, in dem Douwe aufgewachsen ist. Oder war es Sophie? An der Tür hängt ein Schild, auf dem *Willkommen* steht. Leo liest es, mit dem Finger über die Buchstaben fahrend.

»Das hängt speziell für euch da.«

»Echt?«

Die restlichen Widerstände gegen den zwangsweisen Aufenthalt bei Fremden weichen dank Sophies Umgang damit. Emilia spürt sofort, dass sie die Fähigkeit besitzt, Kinder glücklich zu machen, ohne sie zu verwöhnen. Die Zuverlässigkeit in Person. An der Theke, die Küche und Esszimmer trennt, trinken sie einen perfekten Espresso. Emilia bemüht sich, ihre Aversionen gegen diese Tadellosigkeit abzuschütteln. Leo hat Malsachen gefunden, die nicht allzu auffällig für die Kinder bereitgestellt worden sind, und malt jetzt ein Boot, in dem alle sitzen. Osip steht neben ihm und schaut bewundernd zu, was sein großer Bruder macht. Emilia drückt die Nase in Leos warmen Nacken und flüstert »bis ganz bald« in sein Ohr. Osip gibt ihr ein paar nasse Küsse und schiebt sie dann weg.

Als wateten sie schon durch Wasser – so verlangsamt, so schwerfällig gehen sie danach zusammen zum Auto. Schweigend fahren sie nach Hause. Sie lassen den Wagen oben auf dem Deich an der Böschung stehen. Nicht wie ein Felsen ragt ihr Haus aus dem Wasser, sondern wie ein vergessenes Wrack. Es regnet nicht. Aber der Himmel hängt tief und ist schmutziggrau. Nichts, was sich auf der verdreckten Wasseroberfläche spiegeln könnte. Nirgendwo Tiere. Ein paar Meter hinter Bruch läuft sie den Deich hinunter zur Haustür. Die Diele ist trocken, doch die Küche steht schon unter Wasser. Die Pumpe, die vorher im Keller gearbeitet hat, ist jetzt mitten in der Küche aufgebaut. Emilia begreift nicht, was so eine Pumpe jetzt noch bringen soll. Wasser in der Küche bedeutet, dass der Wasserpegel die Höhe ihres Fußbodens erreicht hat; daran lokal, auf den achtzig Quadratmetern ihres Erdgeschosses, etwas zu ändern, scheint ihr unmöglich. Die Sandsäcke, die Bretter, das ist doch alles für die Katz, das Wasser hat längst die Schranken niedergerissen. Bruch schaltet das Radio ein, schaut auf seinem Handy Wasserstände und Wettervorhersagen nach. In den Ardennen und in Nordfrankreich laufen die Flüsse durch den Regen weiter voll. Bruch macht mit Textmarker und Maßband den Türrahmen zur Messlatte. Er notiert den jetzigen Wasserpegel auf einem Zettel, den er in seine Hosentasche steckt.

»Alles muss hoch.«

In den folgenden Stunden schleppen sie alles nach oben. Tische, Stühle, Taschen, Kartons. Emilia füllt immer wieder eine Kiste und einen großen Rucksack mit Büchern, trägt sie in Osips Zimmer, lädt dort alles aus und wiederholt das Ganze. Bruch schraubt die Türen von den Küchenunterschränken ab. Mit einer Überzeugungskraft, die sichtlich ihm selbst gilt, erklärt er, dass Küchen aus Materialien gemacht seien, denen Wasser nichts anhaben könne. Sie blickt auf die Holzleiste am unteren Rand, auf die Beschichtung der Schrankinnenseiten mit dünnem Furnier, einem Mittelding zwischen Holz und Pappe. Die Wolken haben sich ganz herabgesenkt, hängen wie Nebelbäusche über dem Land und schlucken das Licht. Das Wasser steht jetzt schon einen guten Zentimeter höher als vorhin. Wenn das Haus einstürzt, wenn der Schaden irreparabel ist, wenn sie umziehen müssen, ohne die Hypothek für dieses Haus abbezahlen zu können, wenn sie notgedrungen in einer winzigen Zweizimmerwohnung landen, nach wie vor in dieser Gegend, denn in der Stadt ist es zu teuer, wenn sie aus dem Grund alles aus sos herauszuholen versucht, oder schlimmer noch, sicherheitshalber dort bleiben muss, wenn sie dann in diesen zwei Zimmern wohnen, wo sie abends ein Sofa in ein Bett verwandeln müssen, wenn nichts bleibt von dem Leben in seiner heutigen Form, mit viel Platz, Abstand, Freiheit, Luxus … Wenn der Fluss nicht mehr in ihrer Nähe ist, wenn sie ihn hassen für das, was er ihnen genommen hat, wenn sie ihr ganzes Hab und Gut ans Wasser verlieren, wie es in Holland Tradition ist … Wenn sie dann nichts anderes mehr haben als einander …

»Wir sind fertig«, blafft Bruch. »Wir gehen nach oben.«

19

Sie kauften einen Bus, bauten ein Bett ein und umrundeten Italien. An der Adriaküste runter, um Absatz und Sohle und Spitze des Stiefels herum und am Mittelmeer entlang wieder nach oben. Abends stellten sie den Wagen so nah wie möglich am Meer ab, morgens schwammen sie sich wach. In einem ärmlich aussehenden Restaurant in einem ausgestorbenen Ferienort, wo sie hervorragenden Tintenfisch aßen, machte Bruch ihr einen Heiratsantrag. Sie sagte nein. Sie glaubte nicht daran, glaubte nicht an einen Vertrag mit einer dritten Partei, dem Staat oder der Kirche, an so etwas Altmodisches und Unnötiges.

Bruch war ein intelligenter Mensch, für gute Argumente aufgeschlossen, nicht besonders traditionell eingestellt, aber das verstand er überhaupt nicht. Unnötige Rebellion, fand er. Kopflastigkeit. Er blickte aufs Meer hinaus, kniff die Augen zusammen, machte ein Gesicht wie ein Seemann. Der Himmel war blau, der Wind war mild, aber hatte etwas Unbändiges. Ein Mädchen in kariertem Kleid brachte ihnen eine neue Karaffe Wein. Bruch aß Brot. Emilia konnte nicht einschätzen, wie enttäuscht er war. Mit dir schlafen, dachte sie, heißt alles zu vergessen, es wagen zu springen und sich fallen zu lassen. Wenn nichts auf dem Spiel steht, ist alles ein Spiel. Sie erkannte, dass ihre Bedenken Überbleibsel von ihrem vorherigen Leben waren, vor Bruch, vor ihrem Belästiger, vor den paar kleinen Schritten, die sie endlich von Jacob weg gemacht hatte. Mit ihrem Nein stand sie zu einer Art Autonomie, von der sie sich nichts mehr erwartete. Also sagte sie ja. Aber sie sagte es zu leise und genau in dem Moment, als Bruch mit durchdringendem Schrappen seinen Stuhl über die Fliesen zurückschob und aufstand, um pinkeln zu gehen.

Er legte ihr die Hand aufs Haar. Ließ sie ganz kurz über ihr Ohr, ihren Hals in ihre Bluse gleiten. Sie seufzte. Er beugte sich über sie, sagte »du seufzt« und ging mit seiner losen Schuhsohle davon, die auf dem Terrassenboden klapperte. Er hatte es nicht gehört! Sie suchte nach einem Stift, hatte aber keinen. Dann wollte sie mit dem Finger JA in die restliche Soße auf seinem Teller schreiben, doch es war keine Soße mehr da. Das Meer war ruhig und schien flach, als seien es nur ein paar Dezimeter Wasser auf einer endlosen Ebene.

Es dauerte noch volle vierundzwanzig Stunden, bis es ihr gelang, sich verständlich zu machen. Sie lagen im Bus.

»Was diesen Antrag betrifft.«

»Ja?«

»Ob ich dich heiraten will.«

»Ja?«

»Das möchte ich noch mal ... äh ... revidieren.«

»Ja?«

»Ja.«

»Echt?«

»Ja.«

Er sah schrecklich zufrieden aus, als laufe alles genauso, wie er es erwartet hatte. Sie wollte ihr Ja schon wieder zurücknehmen, doch er zog sie an sich, schloss sie in die Arme und flüsterte ihr Dinge ins Ohr. Die Welt tat sich in einer neuen Dimension auf. Sie legte sich fest. Wie wohl ihre Brüder reagieren würden, dachte sie, und schob den Gedanken von sich. Wir können alles machen, dachte sie, wir brauchen niemanden etwas zu fragen, wir können heiraten, Kinder machen, nie mehr in die Niederlande zurückkehren.

»Gibt es noch etwas, das ich wissen muss?« Er lag auf ihr, und sie fragte, was er damit meinte. Musste man sich etwa über seinen sexuellen Lebenslauf austauschen oder so etwas, wenn man ja sagte? War das Bestandteil des Rituals? Er verneinte das. Sagte, er habe das nur im Scherz gesagt. Sie war in dem Moment so sehr mit dem beschäftigt, was sie selbst verheimlichte, dass sie nicht in Betracht zog, es könnte bei ihm vielleicht genauso sein, er könnte von einem Geheimnis zerfressen sein, Herzklopfen haben bei dem Gedanken, ihr davon zu erzählen.

Eine romantische Erinnerung, dieser Bus, diese Reise, der Antrag und ihre Antwort. Die Wahrheit ist, dass sie müde war, dass sie immer noch Angst hatte. Sie fasste die Heirat als Verheißung eines Neuanfangs auf, den endgültigen Abschied von anderen Dingen, anderen Lieben, erlittenen Verletzungen. Besser und definitiver ging es nicht. Es war eine Flucht, die Suche nach Zuflucht unter der Glasglocke.

20

Mein Gott, Bruch, haben wir keinen Wein?«
Auf einem Tisch steht eine Flasche Wasser mit zwei Gläsern. Bruch hat die Hauptsicherung rausgedreht, bevor er nach oben gegangen ist. Ein paar Kerzen und die Gaslampe erhellen das Zimmer, es riecht nach Holz, alles klingt dumpf.

»Wir müssen einen klaren Kopf bewahren.«

»Ich spreche nicht von einem Fass Wein, Schatz, sondern von einem Glas.«

»In einem der Kartons da.« Er zeigt auf die Wand aus Kisten und Kartons. Diese Geste, seine Sätze, sein Ton, sein missbilligender Blick stacheln ihre Aufsässigkeit weiter an. Sie nimmt einen Karton nach dem anderen herunter und öffnet ihn, bis sie eine Flasche Wein gefunden hat. Mit Schraubverschluss, Gott sei Dank. Sie sieht Bruchs Blick.

»Du auch?«

Er schiebt ihr, ohne etwas zu sagen, sein Glas hin. Er deutet auf einen Wecker.

»Ich hab den Wecker gestellt. Wir gehen alle zwei Stunden nach unten, um nachzusehen, wie hoch das Wasser steht. Das notieren wir mit Angabe der Zeit.«

»Und wenn wir schlafen?«

»Dann weckt uns der Wecker.«

»Okay.«

»Das habe ich doch gerade erklärt.«

»Ja, sorry, gut, prima. Dann stell ihn mal, den Wecker.«

»Das hab ich schon getan.«

»Natürlich. Prost.«

»Ja.« Und nach kurzer Stille: »Prost.« Er kriegt das alles kaum über die Lippen. Sie leert ihr Glas in einem Zug.

»Denkst du, ich betrüge dich?« Es bleibt so lange still, dass sie schon bezweifelt, die Frage wirklich gestellt zu haben.

»Nein. Das denke ich nicht.«

»Ich dachte, du denkst das.«

»Nein, wie gesagt.«

»Was dachtest du dann?«

»Was meinst du damit?«

»Was dachtest du dann, was los war?«

»War?«

»Oder ist.«

»Warum erzählst du nicht einfach, was los ist, anstatt mich spekulieren zu lassen?«

Wir sollten ein Kind machen, denkt sie. Das ginge durchaus noch. Die Zahlen zur Schwangerschaftswahrscheinlichkeit jenseits der Vierzig sind fast alle von Daten aus französischen Kirchengemeinden des achtzehnten Jahrhunderts abgeleitet. Ein neues Kind ist ein neuer Anfang. Mit einer guten Geschichte. »Du bist während der großen Hochwasserkatastrophe gezeugt worden. Auf dem Dachboden. Kurz bevor der Fluss das Haus verschlang. Deine Eltern schwammen im Garten herum, während die Keimzelle in deiner Mutter schwamm. Sie waren müde, aber versöhnt, deine Eltern, denn sie wussten, dass etwas Neues begann. Kurz darauf fand die Verschmelzung statt, die Einnistung, und die endlose Zellteilung begann, das Wuchern von Leben, das sich in dir vollendete und vervollkommnete. Und deshalb schwimmst du auch so gern!« Im Geiste sieht sie ein kleines Mädchen vor sich, das genauso aussieht wie sie, als sie klein war, und hinter ihm stehen seine beiden Brüder, genau dasselbe, fast genau dasselbe Bild. Aber keiner stirbt. Und keiner vergeht vor Bedauern. Sie gießt ihr Glas noch einmal voll.

»Ich hatte auf dem Schulhof ein Gespräch mit ein paar Eltern über die Eins-zu-hundert-Wahrscheinlichkeit. Sie meinten, es bringe etwas, sich anzuschauen, wann es hier zuletzt eine Überschwemmung gegeben hat. Darauf habe ich den Witz von der Operation erzählt, die nur in zehn Prozent der Fälle gut ausgeht. Kennst du den?«

»Nein.«

»Ein Patient wird in den OP gefahren, wegen dieser geringen Überlebenschancen mit den Nerven am Ende. Sagt der Chirurg: Machen Sie sich keine Sorgen, neun sind heute schon unter meinen Händen gestorben!«

»Fanden sie den witzig?«

»Ja, ich denke schon. Sie haben gelacht. Ansatzweise.«

Bruch hat sich auf einem der Betten ausgestreckt, ein Buch auf der Brust. Ein Baby. Noch einmal diese buchstäbliche Grenzenlosigkeit verspüren. Das Verschwimmen der Grenze zwischen dem einen und dem anderen Körper, die Aufhebung eines bloß physischen Daseins. Eine Intensität, für die es kein rechtes Wort gibt. Liebe, aber in einer speziellen Form.

»Erzählst du mir etwas?«

»Nein. Es gibt nichts zu erzählen.«

Ihre Augen brennen, es hämmert in ihrem Kopf. Sie

legt die Hände flach auf den kalten Fußboden. Wenn doch der Wecker klingelte. Denn wenn der Wecker klingelt, geht Bruch nach unten, und wenn er unten ist, kann sich der Nebel in ihrem Kopf lichten. Wenn Bruch wiederkommt, sind genau zwei Stunden Zeit, um Hindernisse aus dem Weg zu räumen und ein Kind zu machen. Begrenzt bis zum nächsten Weckerklingeln, begleitet vom hundertzwanzig Mal sechzigmaligen Ticktack der kleinen Uhr. Vierzehntausendvierhundert nüchterne, beruhigende kleine Klopfer der Zeit. Sie könnte sie mitzählen, wenn es ihr nicht auf andere Weise gelingen sollte, sich zu konzentrieren. Zwei Stunden, und eine klare Aufgabe. Was sind schon zwei Stunden deines Lebens? Als sie die Tage seit ihrer letzten Periode zählt, passt es genau. Wurde ihr Verlangen womöglich von der physischen Empfängnisbereitschaft angeregt? Gestern wusste sie noch nicht, dass sie noch ein Kind will. Heute weiß sie nur noch nicht, wie sie die anderthalb Meter zwischen sich und Bruch überbrücken könnte. Er ist ein Fremder, ein Mann mit Buch auf einem Bett, ein Panzerschrank. Ihn berühren. Sie stellt es sich vor, hat keine Angst mehr, trotzdem ist es irgendwie abwegig.

»Als ich in Amsterdam war, habe ich zufällig Vincent getroffen.«

»Ich weiß.«

»Woher weißt du das?«

»Er hat mich am gleichen Abend angerufen.«

»Es ging ihm nicht so gut.«

»Nein, das war offensichtlich.«

»Warum hast du nicht gesagt, dass er dir gesagt hat, dass wir uns getroffen haben?«

»Warum hast du nicht gesagt, dass du ihn getroffen hast?«

»Vergessen. Er fühlte sich alt.«

»Ja.«

»Es war ziemlich ... pathetisch.«

»Er hatte das Gefühl, dass ihm der Tod im Nacken sitzt.«

»Er ist Mitte fünfzig.«

»So in etwa.«

»Was liest du da?«

»*Aufzeichnungen aus dem Kellerloch.* Hat mir ein Patient geschenkt.« Sie legt sich neben Bruch und fühlt die Wärme seines Körpers. Er liest, die Zeit verstreicht, sie denkt: Es geht von Minute zu Minute besser, mir und uns. Sie bekommt eine SMS von Sophie mit einem Foto von den beiden schlafenden Jungs. Der Wecker klingelt, und Bruch geht nach unten. Sie füllt ihr Glas. Was für ein verrückter Gedanke, es jetzt noch zu erzählen, das würde alles ins Wanken bringen, und es würde unheimliche Anstrengung kosten, bis das Ganze danach wieder ins Lot käme. Sie war kurz dem Irrglauben verfallen, sie müsse alle Unklarheiten beseitigen. Aber dass man erst zu sich finden kann, wenn alles im Reinen ist, erscheint ihr als unsinniger neumodischer Gedanke. Das Leben ist doch voller Scherben und Schönheitsfehler, voller Kratzer im Lack. Dass Aufrichtigkeit so wichtig sein soll, wichtiger als alles andere, dass man mit seinem Partner verschmelzen soll, dass man seine ganze Geschichte, das ganze Reservoir an Gefühlen teilen soll, dass es ein Fehler, eine verpasste Chance oder schlechter Stil ist, seinem Liebsten nicht zu erzählen, was einen irgendwann mal verletzt hat, dass man die eigene

Erzählung des Lebens aufgeben soll, um in der gleichen gemeinsamen Geschichte zu enden ... Ein für alle Mal denkt sie: nein. Die Fakten sind nicht notwendigerweise gleichbedeutend mit der Wahrheit. Offenherzigkeit ist kein Synonym für Intimität. Absurd, dass sie und Bruch auf zwei Seiten eines breiten Flusses stehen sollen. Absurd, dass sie jetzt nicht tief verbunden sein könnten, weil sie es verschwiegen hat. Der Fehler ist nicht, dass sie es nie erzählt hat, sondern dass es überhaupt je passiert ist. Aber daran lässt sich nichts ändern. Und man muss etwas nicht offen ausbreiten, um Trost finden zu können. Sie sind zusammen, sie ist geborgen, alles muss so sein, wie es ist.

Bruch kommt zurück und schaltet das Radio ein. Das Wasser in der Küche ist wieder mehrere Zentimeter gestiegen und steht jetzt auch vorn in der Diele. Der Regen hat auch wieder eingesetzt. Er prasselt aufs Dachfenster. Im Lokalsender wird von der Evakuierung eines Nachbarortes berichtet. Es dürfte nur eine Frage der Zeit sein, bis sie ebenfalls das Haus verlassen müssen.

»Du siehst aus, als hättest du Fieber. Wie fühlst du dich?«

»Ich werde ein Buch schreiben.«

»Ach ja?«

»Eine Biographie.«

»Von wem? Von Quetelet?«

»Vom Mittelwert. Ich werde eine Biographie des Mittelwerts schreiben.« Er sieht sie an, kneift die Augen zusammen. Sein Kopf kippt leicht nach links. Interesse.

»Die Geschichte des arithmetischen Mittels und des Modus und des Medians. Aber auch darüber, wie der Mittelwert die Norm bestimmt, wie wir als normal definieren, was am häufigsten vorkommt. Es geht um das Normalsein, die Zugehörigkeit zur größten Gruppe, darum, wer solche Gruppen definiert und was es bedeutet, wenn man nicht dazugehört. Es geht um die Normalverteilung als Konstrukt. Es geht um sogenannte Ausreißer, weißt du, was damit gemeint ist?«

»Ja, wie war das noch mal?«

»Werte, die sehr stark abweichen, werden zu Ausreißern erklärt und aus dem Datensatz gelöscht, bevor die statistischen Berechnungen angestellt werden – was zu einem anderen Mittelwert führt, als wenn man sie mit berücksichtigt hätte. Ausreißer können die Folge von Messfehlern sein oder von außergewöhnlichen Ereignissen, die man nicht miteinbeziehen möchte, aber es gibt kein einschlägiges rechnerisches Kriterium dafür, wann ein bestimmtes Ergebnis zum Ausreißer erklärt wird. Das ist eine Frage der Interpretation, der subjektiven Beurteilung. Beim Zentralen Amt für Statistik nennen sie das *bereinigen*. Da gibt es Mitarbeiter, die nichts anderes machen, als sich alle hereinkommenden Daten daraufhin anzusehen, ob abweichende Werte darunter sind, die herausgefiltert werden müssen. Dabei sieht man sich sogar die Historie unter dem Aspekt an, dass die Werte dieses Jahres für eine bestimmte Statistik nicht zu drastisch von denen des vorigen Jahres abweichen dürfen.«

»Du müsstest an diese Ausreißer vom Zentralen Amt für Statistik rankommen. Du müsstest eine Konstruktion aus all diesen verworfenen Abweichungen machen, so wie Stella Kunst aus Müll macht.« Stella ist eine Bekannte von Bruch. Er hat mal eine kleine Skulptur aus Eisen und

Gummi von ihr gekauft, die ein tanzendes Pferd darstellt, sie steht auf dem Tisch in seinem Zimmer. Emilia hatte immer ein ungutes Gefühl dabei.

»… um das Mittel als Ausnahme, wenn es sich zum Beispiel aus Extremen zusammensetzt …« Während es weiter aus ihr heraussprudelt, hat sie sich auf ihn gesetzt und die Hände unter seinem Pullover und seinem Hemd auf die warme Haut seiner Brust gelegt. Der Wecker tickt.

»Der mittlere Mensch.«

»Quetelet ist das ganz praktisch angegangen. In welchem Monat die meisten geboren wurden und starben, Linkshändigkeit, Krankheit, Größe, Gewicht, Zahl der Kinder.«

»Wann war das noch mal? Du glühst.«

»1830. Deine Hände sind kalt.« Sie beugt sich vor und küsst ihn auf den Hals.

»Dein Kopf ist glühend heiß, Emilia.«

»Ich fühle mich aber gut.«

»Wirklich?«

»Du riechst gut.« Sie drückt das Gesicht in seine Achsel.

Er schiebt die Hände unter ihre Kleidung. Es stimmt, sie hat Fieber, ihr pocht das Herz in den Schläfen. Der trommelnde Regen über ihren Köpfen hört sich genauso an wie damals, vor zwölf Jahren, in seiner Wohnung. Bruch rettete sie. Sie hatte schon über Möglichkeiten nachgedacht, wie sie ihrem Leben entrinnen könnte, dass sie aus den Niederlanden wegziehen, ihrer Familie den Rücken kehren könnte. Sie fühlte sich nicht in ihrem Element, konnte sich mit keiner Form von erwachsenem Leben anfreunden. Sie verliebte sich nie, war zu sehr an Jacob gekettet, hatte eine Zeitlang ein Verhältnis mit einem früheren Dozenten, der verheiratet war, ließ sich mit diesem und jenem ein, alles im Geheimen, nichts mit irgendeiner Perspektive. Und dann war Bruch da. Er lotste sie weg von den Ausuferungen, er zerrte die Liebe ans Licht und bot Emilia die Aussicht auf ein Leben, gemeinsam. Er lockte sie unter die Glocke, mitten in die Normalverteilung hinein. Auf einmal sieht sie das alles klar und deutlich. Nicht erzählen, denkt sie, niemals erzählen. Diese Blase um Grausamkeit und Schmerz und Erniedrigung darf nicht aufgestochen werden, sodass alles in ihr übriges Leben einsickert.

Sie zieht ihm die Hose runter. Dann steht sie auf und zieht sich selbst aus. Er liegt da und sieht sie an. Das ist mein Körper, denkt sie, und das ist mein Mann. Sie setzt sich wieder auf ihn. Der Wecker tickt, das Wasser steigt. Wenn man ein Vogel wäre, könnte man das Haus mit dem flackernden Kerzenschein hinter dem einen kleinen Dachfenster jetzt mitten im tobenden Fluss stehen sehen.

21

Seine Lippen bewegen sich, er sagt etwas, sie spannt die Muskeln an, um ihn in sich festzusaugen. Ja, sagt sie so laut wie möglich, ich auch! Vielleicht hat er gesagt, dass es schön ist, oder dass er sie liebt, die Dinge, die man so sagt. Seine Lippen bewegen sich schon wieder, warum funktionieren ihre Ohren nicht mehr, wird sie allmählich ihrer Sinne beraubt? Er streckt die Hände nach ihr aus, Richtung Hals. Hat sie gekämpft? Hat sie damals versucht, sich zu befreien oder ihn zu verletzen? Oder brauchte sie ihre ganze Konzentration dafür, sich zusammenzuhalten, nicht auseinanderzufallen, am Leben zu bleiben? Es gab auch einen Moment, da sie überzeugt war, dass es gar nicht schlimm wäre zu sterben. Was kann denn schlimm sein an totaler Ruhe, an so tiefer und vollkommener Entspannung, dass man langsam zerfällt und verschwindet? Nein, sie hat nicht gekämpft. Sie hat so still wie möglich dagelegen. Anfangs hatte sie gesprochen, hatte zu ihm gesagt, dass sie mit ihm reden wolle, dass er danach immer noch alles tun könne, was er vorgehabt habe, aber dass sie erst mit ihm reden wolle. Sie hatte noch auf vernünftige Argumente vertraut, auf ihre eigene Überzeugungskraft. Er ging nicht darauf ein, sondern legte die Hand auf ihren Mund, und als sie trotzdem noch etwas zu sagen versuchte, rammte er ihr die Faust ins Gesicht und schrie sie an.

Bruch dreht sie auf den Rücken, er ist jetzt über ihr. Er, Bruch, niemand anders, sanft, tolerant, liebevoll. Er sagt ihren Namen. Sein Gewicht lastet auf ihrer Brust, sodass sie nicht richtig einatmen kann. Sie versucht, ihn ein wenig hochzudrücken, und bewegt währenddessen ihren Unterleib, damit er nicht den Eindruck gewinnt, sie wolle aufhören. Sie legt die Hände auf ihre Schultern, sodass die Ellbogen spitz aufragen und er nicht an ihren Hals herankommt, alles ganz einfach, sie muss nur das verhindern, dann kann sie schon abschalten. Über ihren spitzen Ellbogen sieht sie sein Gesicht. Er hat immer noch diese wellenförmige Furche über den Augen.

»Emilia!« Ja, das bin ich. »Emilia!« Er biegt ihre Arme auseinander und legt sie über ihren Kopf, wehrlos. Immer wieder sagt er ihren Namen. Er muss das zu Ende bringen, denkt sie, sie darf das Ziel nicht aus den Augen verlieren. Sie versucht, einen lüsternen Blick aufzusetzen, öffnet den Mund. Er legt die Hände an ihr Gesicht. Die Halsschmerzen, die sie hatte, nachdem er sie gewürgt hatte, fühlten sich nicht anders an als die Halsschmerzen bei einer Erkältung. Bruch legt die Daumenspitzen auf die unter der Haut klopfende Schlagader, sie fühlt ihr Herz im Hals gegen seine Daumen trommeln, er erhöht den Druck, und da holt sie aus. Als ob ein Gummiband in ihren Gliedmaßen reißt, ein Gummiband, das bis jetzt alles in Form gehalten hat. Sie schlägt ihm mit der Faust aufs Kinn. Mein Gott, was macht sie denn, das war ein völlig falscher Reflex. Ihre Beine treten ihn. Bruch versucht, ihr auszuweichen, sie trifft ihn am Knie, er schreit und fasst dorthin. Sie würde ja gern aufhören, aber ihr Körper hat ganz andere Pläne. Bruch lässt sein Knie los, zieht sie in seine Arme und bändigt sie. Sie windet sich und versucht ihn zu beißen. Er zieht den Kopf aus ihrer Reichweite und umklammert sie mit den Armen.

»Tut mir leid«, schreit sie. Warum schreit sie? »Ist mir ausgerutscht!« Sie versucht, sich aus seinem Griff zu befreien.

»Sch, Emilia, ist nicht schlimm, ist nicht schlimm.«

»Bruch! Hilfe!«

»Ich weiß, ich weiß, ich weiß.« Er zerdrückt sie schier in seinen Armen, presst langsam den Widerstand aus ihr heraus und richtet sich dann auf. Ihr klappern die Zähne, und sie zittert am ganzen Leib. Ihre Beine treten nicht mehr um sich, aber das Zucken hat sie nicht unter Kontrolle. Bruch türmt Decken auf ihren verschwitzten Leib, legt die Hand auf ihre Stirn, wie ein Arzt. Ihr ist eiskalt. Sie versucht, sich unter den Decken herauszuzwängen. Er hindert sie daran, mit einer Hand.

»Sch, ruhig. Du musst dich beruhigen, ich bin bei dir.« Aus seiner Lippe quillt Blut. Er wischt sich über den Mund und betrachtet den roten Streifen auf seinem Handrücken.

»Ich muss etwas sagen.«

»Du brauchst nichts zu sagen, du musst liegen bleiben.«

»Ich muss liegen bleiben.«

»Du brauchst nichts zu sagen.«

»Ich brauche nichts zu sagen.«

»Ich weiß schon alles, Emilia, ich weiß es.«

Ist er gekommen? Sie hat überhaupt nicht aufgepasst, schiebt jetzt die Hand zwischen ihre Beine, um den Beweis zu finden. Die frischen Nadelholzbretter, die in gerader Linie zum Dachfirst führen, beginnen langsam zu wogen. Von wo das Geräusch des Regens kommt, ist nicht mehr festzustellen. Es ist überall um sie herum und auch im Innern ihres Kopfes. Aus dem Augenwinkel sieht sie gelbliches Licht blitzen. Sie legt die Hände auf ihren Bauch. Bruch holt tief Luft.

»Du hattest eine grüne Bluse mit kleinen weißen Sternchen an, deine Arme schauten bis kurz über die Ellbogen heraus. Die Haut deiner Arme, sonnenbraun mit blonden Härchen, dein dunkles Haar, das leicht und weich an deinem Hals herab auf die Schultern fiel, deine Hände auf dem Tisch, die kurzen Fingernägel, deine Handgelenke, die ich spielend umfassen konnte, deine Augen, die Sommersprossen auf deiner Nase. Du warst so lebendig, so sprühend, so sehr an mir interessiert, wenn du mich anlächeltest, hob ich vom Boden ab. Ich fand dich unheimlich toll und unheimlich witzig. Ich hab den ganzen Abend und die ganze Nacht das Grinsen nicht mehr aus dem Gesicht gekriegt. Es kostete mich die größte Mühe, meinen todkranken Patienten mit dem gebührenden Ernst zu begegnen, sie nicht mit meiner Glückseligkeit vor den Kopf zu stoßen.

Als du in den Tagen danach nicht mehr ans Telefon gegangen bist, war ich mir sicher, dass etwas Furchtbares passiert war. Dass du tot warst, überfahren, entführt, ermordet. Ich hatte genügend Selbstvertrauen, um nicht zu denken, dass du mich nicht mehr sehen wolltest, und genügend Vertrauen in dich, dass du nicht so feige sein würdest, es nicht zu sagen, wenn es doch so wäre. Ich war mir sicher, dass das, was ich in deinem Blick gelesen hatte, wenn du mich ansahst, nicht ohne Zutun von etwas Außergewöhnlichem in das Gegenteil hätte verkehrt werden können. Ich rief bei dir an, hinterließ Nachrichten auf deinem Anrufbeantworter. Nach ein paar Tagen rief ich Jan an, den Freund, der mich zu der Party mitgenommen hatte, und bat ihn um die Telefonnummer von deinem Bruder. Jacob war schroff und unfreundlich und wollte mir deine Adresse nicht geben. Da hab ich bei SOS angerufen. Bekam Eddy an den Apparat. Er sagte, du hättest Urlaub. Ich musste zu einem Kongress in Maastricht und hatte ein paar Tage Ablenkung. Mein Selbstvertrauen schwand, je länger ich dich nicht sah. Ohne deine Nähe war ich nur noch heftiger verliebt. Wenn ich besonders zynisch war, dachte ich, das Ganze sei ein Trick, um mich völlig hörig zu machen. Dann wieder versuchte ich mir einzureden, ich hätte dich nur geträumt. Du seist längst wieder anderweitig unterwegs. Im Urlaub. Mit einem anderen. Ich hielt mich für einen unglaublichen Trottel. Meine Besorgnis schlug in Selbstmitleid um. Ich ging mit einer ins Bett. Ich versuchte, nicht an dich zu denken. Ich dichtete dir dumme und hässliche Eigenschaften an. Ich versuchte, dich zu verachten.

Nach wie vor ging bei dir zu Hause niemand ans Telefon, und ich konnte nichts mehr auf Band sprechen. Ich war wütend und wollte dir die Meinung sagen. Am Montag danach rief ich noch einmal bei SOS an. Da erzählte mir Eddy, dass dich irgendwer krankenhausreif geschlagen hatte. Ich dachte erst, er macht einen Scherz. Aber er sagte, das stimme wirklich. Du seist in deiner Wohnung überfallen und zusammengeschlagen worden. Er sagte, dein Kiefer sei gebrochen, aber ansonsten sei alles glimpflich abgelaufen und es gehe dir gut. Ich fragte ihn, in welchem Krankenhaus du seist. Er sagte, du hättest im Lucas gelegen. Und er gab mir deine Adresse. Ich hatte den Eindruck, dass es ihm ein Vergnügen war, mir das zu erzählen, das alles über dich zu wissen. Ich versuchte mir vorzustellen, wer dir das angetan haben könnte. Ich dachte an Jacob, der so grob zu mir gewesen war, und an die Party, auf der ich dich zum ersten Mal gesehen hatte. Als ich wegging, lagst du zwischen deinen beiden Brüdern auf dem Fußboden. Jacob hatte die Hand auf dein Bein gelegt, eine intime, besitzergreifende Gebärde. Ich versuchte mich zu erinnern, ob du etwas über Mitbewohner oder Nachbarn erzählt hattest, ob es in deiner Umgebung irgendwelche gestörten Typen gab. Mir wurde bewusst, dass ich nur wenig von dir wusste. Ab und zu versuchte ich dich wieder telefonisch zu erreichen. Einmal war besetzt. Aber du hast nie abgenommen.

Nachdem ich mich ein paar Tage lang beherrscht hatte, rief ich einen Freund an, der im Lucas Andreas arbeitete. Ich bat ihn, für mich in deine Krankenakte zu schauen. Er erzählte, dass du vergewaltigt worden seist, zählte alle inneren und äußeren Verletzungen auf, deinen gebrochenen Kiefer, gebrochene Finger, gebrochene Rippen, die Schrammen, die Schnittwunden, erzählte, du seist so heftig gewürgt worden, dass du wegen des gequetschten Kehlkopfs tagelang nicht sprechen konntest. Er hatte die ganze Liste abgeschrieben. Es stand auch da, dass dich außer der Polizei niemand besucht hatte.

An dem Abend habe ich bestimmt zwei Stunden lang im Dunkeln vor deiner Tür gestanden. Ich habe auf deinen Namen auf dem Metallschildchen gestarrt, auf die geriffelte Scheibe in der Tür, auf die abblätternde

Farbe, auf die vollkommene, glänzende Rundung deines Klingelknopfs. Ich bin auf die andere Straßenseite gegangen und habe auf die Fenster geschaut. Nur im zweiten Stock brannte Licht. Ich sah keine Bewegung, keine Schemen, keine Schatten. Schließlich ging das Licht aus. Ich ging nach Hause. Ich las irgendwo, dass der Großteil aller Vergewaltigungen von Bekannten, Exfreunden, Dates, oft auch Partnern begangen wird.

Ich radelte oder ging jeden Tag an deinem Haus vorbei, manchmal dreimal am Tag. Ich hoffte, wir würden uns zufällig begegnen. Das hielt ich für die einzige Möglichkeit, Zufall, erzwungen durch mein Herumgelungere in deiner Straße. Ich hatte die Chance verpasst, einfach bei dir zu klingeln, um zu sagen, dass ich alles wüsste, oder so zu tun, als wüsste ich nichts. Nach einer Weile ließ ich es wieder bleiben. Es erschien mir eigentlich logisch, dass dir nicht nach einer neuen Liebe war. Ich realisierte, dass ich dich verloren hatte.«

Bruch nimmt ihre Hand, sie lässt es zu, erwidert den Druck aber nicht, schlaff liegt ihre Hand in der seinen. Sie zittert nicht mehr, die Kälte von vorhin ist erstarrt und hält sie wie in einer Zange fest. Vielleicht ist der Tod eher so wie das jetzt, kein warmes Zerfallen und Sichauflösen im Universum, kein Heroinrausch hoch zwei, sondern diese eiskalte Versteinerung.

»Ich rief Mariette an und verbrachte das Wochenende mit ihr. Es war vertraut, und es fühlte sich erbärmlich an. Ich glaubte, dass die Rückkehr zu etwas, das ich eigentlich abgeschlossen hatte, den Weg zu dir noch irgendwie offen halten würde. Ich machte zwar mit einer anderen rum, aber sie war jemand von früher, jemand von vorher, ich war nicht zur nächsten übergegangen. Wir wollten ein paar Tage nach Brüssel fahren, Mariette und ich. Ich verordnete mir eine Rosskur, um meine Schuldgefühle und die Gedanken an dich zu vertreiben.

Aber dann riefst du an. Die Zeit zwischen unserem Telefongespräch und deinem Eintreffen bei mir, wie lange mag es gedauert haben, höchstens eine Stunde, verbrachte ich in nervöser Erregung. Als Erstes sagte ich Mariette ab. Ich war hart und grob, denn ich musste unbedingt verhindern, dass sie doch zu mir kommen würde. Ich legte auf, während sie am anderen Ende weinte. Es kratzte mich nicht. Ich warf alles aus meinem Koffer in den Kleiderschrank zurück. Ich duschte und zog mich um, räumte die Wohnung auf. Mir kam der Gedanke, dass dein so böse geschundener, nun wiederhergestellter Körper seit diesem Vorfall von niemandem mehr berührt worden war, dass du in gewisser Weise wieder Jungfrau warst, ein absurder Gedanke, ich schäme mich dafür, aber er erregte mich unwillkürlich.

Als ich die Tür aufmachte, kamst du mir so klein vor, so schmal. Ich wusste nicht, was ich sagen sollte, ich traute mich kaum, dich anzusehen. Du hast gleich deine Schuhe ausgezogen. Das fand ich eigenartig. War das ein Statement? Du hattest nichts von einem Opfer an dir. Du warst souverän, ironisch. Und du warst eine vollkommen Fremde für mich. Und dann hast du mich geküsst. Ich zwang mich dazu, nur zu reagieren, nichts zu tun, nur das zu tun, was du zulassen wolltest. Ich beobachtete dich genau. Forschte in deinem Gesicht nach Stoppsignalen. Suchte deinen Körper nach Narben ab. Der ausgefranste weiße Streifen auf deinem linken Oberschenkel war früheren Datums, stammte aus deiner Kindheit, denn ich sah an den Rändern, dass er im Zuge des Wachstums gedehnt worden war. Ich nahm an, dass dein Kiefer von innen gerichtet und vernäht worden war. Du hattest einen Fleck auf dem Bauch, bei dem es sich um transplantierte Haut handeln konnte. Ich hatte dich noch nie nackt gesehen, ich konnte nicht vergleichen. Ich schaute auf deinen Hals und dachte an den gequetschten Kehlkopf. An deine Stimmbänder, an den Flüsterton, in dem du Anzeige erstattet und das Gespräch mit deinem Arzt geführt haben musst. Aber ich sah keine Stoppsignale, keine Schlagbäume, kein rotes Licht. Du hast dich hingegeben. Anschließend war dein Gesicht nass, von Tränen, dachte ich, aber ich hatte dich nicht weinen sehen. Ich zweifelte an mir selbst. Als hätte ich geträumt. Hatte ich gut genug auf dich achtgegeben? Wir lagen nebeneinander, schauten an die Decke. Genauso, wie wir jetzt hier liegen. Ich wartete darauf, dass du mir erzählen würdest, warum du dich all die Wochen nicht hattest blicken lassen. Ich wartete darauf, dass du mir erzählen würdest, warum du nun doch in meinem Bett lagst.

Du sagtest nichts. Auch am nächsten Tag nicht. Und dann bist du nach Hause gegangen.

Als du zu Hause warst, riefst du mich an. Zum Beweis, sagtest du, dass die Funkstille aufgehoben sei. Aber in den Tagen danach musste ich feststellen, dass die Funkstille ganz und gar nicht aufgehoben war. Warum erzähltest du mir nichts? Ich ließ dir eine Woche. Ich gab dir noch eine Woche. Ich gab dir einen Monat, und dann noch einen. Ich vergaß die Deadline. Ich vergaß, aus welchem Grund ich dir erzählen sollte, dass ich es wusste.

Ich verstand, dass du nicht wolltest, dass es zwischen uns stehen würde, so fasste ich jedenfalls dein Schweigen auf. Es gelang mir nicht, dir zu erzählen, dass es bereits dort stand und aus dem Weg geräumt würde, wenn wir darüber redeten. Ich redete mit Vincent darüber. Ich weiß, das findest du grässlich, aber er hat mir geschworen, es nie irgendwem zu erzählen, und ich glaube, dass er sich an sein Versprechen gehalten hat. Damals war er außerdem noch nicht so, na ja, was du pathetisch nennst ... Er war ein prima Kerl, mit Vorstellungskraft und Einfühlungsvermögen, genau das, was ich brauchte. Ich wollte deine Entscheidung, das Ganze geheim zu halten, respektieren, er beschwor mich, dass es dich befreien würde, wenn ich sagte, dass ich es wisse. Ich schämte mich, dass ich es schon so lange wusste. Er sagte, dass so etwas zu erklären sei. Er sagte, dass ich die Chance ergreifen müsse, etwas Gemeinsames daraus zu machen ... Es gab ständig Gelegenheiten dazu, Momente, in denen ich es tun wollte. Als ich zum ersten Mal in deiner Wohnung war und den Ort sah, an dem es passiert war, als wir zusammen in Urlaub gefahren sind, als du bei mir eingezogen bist, als du dich einmal plötzlich übergeben musstest, während wir miteinander rangelten, wenn wir Streit hatten, wenn ich dich unnahbar fand, als wir geheiratet haben, als du festgestellt hast, dass du schwanger bist, als die Hebamme fragte, ob du mal eine unangenehme sexuelle Erfahrung gemacht hättest, weil du die unter der Geburt wiedererleben könntest, und du das verneint hast ... Aber es rückte in den Hintergrund, das Leben nahm uns in Beschlag, ich vergaß es. Oder ich zog es vor, es zu vergessen.«

Emilia fixiert ein Astloch direkt über sich.

»Aufs Pferd, aufs Pferd! Die Falschheit herrschet, die Hinterlist«, beginnt ein Stimmchen in ihr zu singen, leise zuerst, aber langsam zu ohrenbetäubender Lautstärke anschwellend.

22

Das Wasser, das anfangs so ruhig am Türrahmen emporstieg, ist zu einer tosenden Masse geworden. Das ist keine Pfütze verschütteten Wassers mehr, die still, ja geradezu freundlich im Zimmer steht. Der Fluss selbst, in seinem Lauf durch fremdartige neue Hindernisse wie Wände behindert, strömt jetzt durchs Haus und bildet Strudel unter der Treppe. Immer von links nach rechts, wie eine Gedichtzeile, sagte Bruch, als der Fluss noch sicher zwischen seinen beiden Ufern eingesperrt dahinfloss ... Emilia denkt an die Anekdote von ihrem Opa, der mit seinem Auto im Wasser landete, sich befreien konnte und ans Ufer kletterte, wo er sich an den Kopf fasste und darauf sofort wieder ins Wasser tauchte, zu seinem Auto schwamm, das auf den Grund gesunken war, seinen Hut fand und erneut an Land kam, aber nun als der Herr, der er war. Sie sitzt auf halber Treppe. Durch das Fenster werden Überreste vom Schuppen ins Haus gespült, ein Balken stößt gegen die Küchenschränke. Über dem Haus sind die Rotoren eines Hubschraubers zu hören. Sie fröstelt im grauen Morgenlicht, es rauscht in ihren Ohren.

Endlos hatten sie dagelegen und an die Decke geschaut. Wenn wir genauso lange still sind, wie er gesprochen hat, dann kehrt sich die Zeit um, dann fungiert dieses

Schweigen als Radiergummi, dachte Emilia, und nach einer Weile war sie sich sicher: Ich habe halluziniert, das ist alles gar nicht passiert.

Dann hatte er sich wieder hingekniet und sie angesehen.

»Sag was.« Flehte er. Kein Traum.

»Aber du weißt doch schon alles!«

»Emilia ...«

Da schrie sie: »Du hast einen Arzt dazu überredet, sein Berufsgeheimnis zu verletzen. Du hast alles ausgekundschaftet, alles durchleuchtet, alles darüber gelesen. Du hast nach Zeichen in mir und an mir geforscht. Du hast jedes merkwürdige Verhalten von mir, egal wann, in diesem Rahmen gesehen und interpretiert. Du hast mich reduziert, du hast genau das getan, was ich vermeiden wollte. Und ich wusste es nicht.«

»Das stimmt nicht!«

»Ich kann das Bild höchstens noch ein bisschen ausmalen, aber es ist schon fix und fertig.«

»Nein, nein, nein!«

»Du hast mich zu einem Fall gemacht. Du dachtest schon die ganze Zeit, dass ich ein Fall bin. Damit hast du gelebt, und den Umstand hast du zu vergessen versucht.«

»Gar nicht wahr!«

Eingeschlossen unter einer Schale lodernder Wut glühte etwas anderes in ihr. Ein Verlangen nach Trost vielleicht. Etwas, an das sie nicht herankam.

»Nein? Was kann ich noch darüber erzählen?«

»Wer war es?«

»Hast du denn keinen Spezi bei der Polizei?«

»Emilia, bitte nicht, bitte, bitte nicht.«

»Also du wusstest alles, du wusstest nur nicht, wer es war?«

»Nein. Und auch nicht, wie es sich angefühlt hat.«

»Schön, was willst du über ihn wissen?«

»Kanntest du ihn?«

»Nein.«

»Was war das für einer?«

»Kein wirklich netter Typ.«

Bruch schlug mit der Faust aufs Bett. Er brüllte vor Frust.

»Wir kommen nicht weiter, wenn wir damit nicht umzugehen lernen.«

»Was meinst du mit weiter?«, fragte sie kühl. »Wo willst du denn hin?«

»Weiter! Mit dir!«

»Und das geht nicht?«

»Nein, so geht das nicht.«

»Was heißt, so geht das nicht?«

»Dass es so nicht mehr geht. Dass etwas geschehen muss.«

»Die ganze Zeit wusstest du das.«

»Emilia.«

»Die ganze gottverdammte Zeit.«

»Emilia.«

»Ich habe mich so sehr darum bemüht, es keine Rolle spielen zu lassen und dich und mich und unsere Liebe davor zu bewahren. Und jetzt stellt sich heraus, dass das die ganze Zeit eine Lüge war. Dass alles längst beschmutzt war.«

»Emilia.«

»Hör auf, andauernd meinen Namen zu sagen.«

»Bitte.« Bruch weinte. Sie musste ihm sagen, dass sie gerade ein Kind gemacht hatten. Bei dem Gedanken lachte sie auf. Sie schlang die Arme um ihren Bauch und verkroch sich unter den Decken. Nach ein paar Minuten wusste sie nicht mehr, ob ihr Glucksen Lachen oder Weinen war. Ein Kind. Und eine Ehe, die nicht länger bestehen konnte. Was sollte jetzt werden? Sie dachte auch an Vincent, der hinter jedem Blick auf sie, auch neulich noch, in seinem jämmerlichen Zustand, dort in der Spuistraat, *ihr* Geheimnis verbarg. Das meinte er also, als er sagte, dass sie ein Geheimnis für sich behalten könne. Es war ein Segen, dass Bruch Angst vor Jacob hatte, sonst hätte er es womöglich noch fertig gebracht, auch ihn einzuschalten, er war schließlich Psychiater, jemand, der bestimmt Ratschläge auf Lager hatte. Vielleicht war Jacob der einzige, der sie wirklich kannte, sie frei von all dem kannte, was sich im Laufe der Zeit an sie geheftet hatte wie Moos.

Auf dem Wasser treiben Fetzen von Plastikplanen, sie erkennt auch das Rot von der Küche, in die Ecke geschwemmte Bruchstücke. Als sie den Fuß ausstreckt, berührt sie die Wasseroberfläche. Kalt. Sie spürt die rohe, schonungslose Wucht dieses Wassers. Es wird keine Unterschiede machen, keine Absichten verfolgen, sondern gemäß seiner Natur mitreißen, was nicht ausreichend verankert ist. Es wird gar nicht schwer sein zu ertrinken. Sie zieht die Knie an und schlingt die Arme um ihre Beine.

Bruch hatte noch auf sie eingeredet, aber sie hatte die Hände auf ihre Ohren gepresst und nur noch die Melodie seiner Stimme gehört, auffallend rhythmisch und auffallend monoton. Sprach der Mann etwa in einsilbigen Wörtern? Oder hackte er alle Silben auseinander? Nach einiger Zeit hatte der Wecker wieder geklingelt. Bruch verließ das Zimmer, pünktlich, wie er war, erleichtert wohl auch, dass er sich in Richtung konkreterer Probleme von ihr entfernen konnte. Sie schob die Hände zwischen ihre Beine. Ein Kind, dachte sie. Dann schlüpfte sie wieder unter den Decken hervor.

Sie griff zu Bruchs Buch, dem von Dostojewski, und las ein paar Seiten, und sie erinnerte sich plötzlich wieder an den Inhalt der Erzählung, die sie früher mal gelesen haben musste, die Ablehnung der Durchschnittlichkeit, die Weigerung, unter die sichere Glasglocke der Mitte zu kriechen, die Weigerung, eine andere als die Außenseiterposition einzunehmen, die Verachtung der Geborgenheit, die sie selbst gerade gesucht hatte. Sie sah sich auf dem Dachboden nach einem Ausweg um, suchte ihre Kleidung zusammen, doch sie zitterte und bibberte zu heftig, ihre Schultern waren zu verkrampft, ihr Schädel fühlte sich an, als könnte er jeden Augenblick bersten. Die Normalverteilung war überhaupt nicht das richtige Modell, ein typischer Statistikerfehler: vom falschen Modell auszugehen. Sie hätte besser mit der Wahrscheinlichkeitsverteilung arbeiten sollen, mit einem endlos gleichförmigen Prior, eben wie eine Wasseroberfläche, ohne Spitzen, ohne Nischen, dann wäre sie nicht so getäuscht worden.

Von unten drang Lärm herauf, das Geräusch von splitterndem Holz. Vielleicht stürzte das Haus ein. Das wäre dann ein brillantes Timing dieses Hauses. Es gelang ihr endlich, Hose und T-Shirt anzuziehen, und sie kroch ins Bett zurück, wo ihr allmählich etwas weniger kalt war und sie sich entspannte. Sie träumte, sie sei auf ein Rad gebunden, das immer schneller gedreht wurde. Das Radio spuckte Nachrichten aus, unterbrochen von lauter synkopischer Musik ohne Harmonie. Ab und zu sah sie einen Fetzen von Bruch, der in einer Ecke des Raums stand und auf sie schaute. Sie erinnert sich auch, dass sie mit ihm kämpfte. Dass er versuchte, sie hochzuziehen, dass er schrie, dass er ihr ins Gesicht schlug. Sie sieht in einem klaren Bild sein blutendes Gesicht über dem ihren.

»Wir müssen hier weg. Komm, Emilia, Schatz, wach auf, kannst du stehen?«

Der Hubschrauber wird immer lauter. Eine blechern verstärkte Stimme ruft sie.

»Frau Roovers. Hören Sie mich? Wir sind da, um Ihnen zu helfen. Emilia Roovers. Hören Sie mich? Versuchen Sie, ein Fenster im Obergeschoss zu öffnen.« Sie steht auf und geht ins Schlafzimmer. Öffnet das nach hinten hinausgehende Fenster. Vor ihr erstreckt sich ein wildes graues Meer, mit Bäumen und anderen treibenden Gegenständen darin. Das Tageslicht bohrt sich in ihren Kopf wie eine Glasscherbe. Ein Hubschrauber schwebt über dem, was einmal ihr Garten war, er ist auf einer Seite offen, ein Mann winkt ihr. Er streckt die Arme nach ihr aus. Wind, verursacht durch die sich drehenden Rotorblätter, peitscht ihr den Vorhang ins Gesicht. Über das Wasser schnellt ein Polizeiboot. Es hält direkt unter dem Fenster. In dem Boot zwei Männer, sie tragen beide Uniform. Sie winken ihr. Wird sie gerettet?

»Kommen Sie«, bedeutet ihr der eine mit den Armen, und seine Lippen formen die Worte, die sie nicht verstehen kann. Kommen Sie. Sie denkt daran, was Blanche DuBois am Ende des Theaterstücks sagt, als sie von Figuren in weißen Kitteln abgeführt wird. *I have always depended on the kindness of strangers ...* Sie hat ihre Hose verkehrt herum an, sieht sie jetzt. Und sie hat keine Schuhe an den Füßen. Sie klettert auf die Fensterbank. Die Männer sind ganz nah. Der eine schreit etwas Unverständliches. Der Hubschrauber macht einen grässlichen Lärm. Ein Mann packt ihre Knöchel, und vorsichtig lässt sie sich runter. Sie klammert die Arme um seinen Nacken, legt die Wange an den harten, steifen Stoff seiner Jacke und gleitet abwärts. Er riecht nach Diesel. Sie stößt mit der Hüfte gegen irgendetwas, er setzt sie ab. Nichts kann die Einsamkeit aufheben. Es gibt nur Notbehelfe, Ablenkung. Die Fallgrube ist mit Zweigen abgedeckt, mit Zweigen und Gras, wodurch man denkt, dass man festen Boden unter den Füßen hat, während da eigentlich ein Abgrund ist. Der Hubschrauber beschreibt einen weiten Bogen, steigt auf und entfernt sich Richtung Osten.

»Guten Tag, ich bin Harold, kommen Sie mit uns mit?« Der Mann hat eine durchaus angenehme Stimme und rote Haare.

»Ihr Mann ist schon bei uns.«

»Ach ja?« Er legt ihr eine Decke um und packt ihre Füße in eine zweite Decke ein. Der andere Mann nickt ihr zu und sagt etwas in ein Walkie-Talkie. Der Erste setzt sich ihr gegenüber auf die Bank, während der andere das Boot beschleunigt.

»Wir bringen Sie an einen warmen, trockenen Ort. Alles wird gut.«

Danksagung

Dank an Menno Hartman, Merijn de Boer, Laura Minderhoud und Klaas Schermer für all eure sinnvollen Kommentare. Dank an Tijn Borghuis und Jan-Willem Romeijn für den statistischen Input. Dank an Marc Warning für das Vorlesen unter dem Apfelbaum. Dank an Matin van Veldhuizen für das Mitlesen, für alle deine Gedanken und für die Gespräche über Emilia, Bruch und Jacob, als wären sie gemeinsame Freunde.

Das Zitat auf Seite [6/7] stammt aus *Endstation Sehnsucht* von Tennessee Williams in der Übersetzung von Helmar Harald Fischer.

MS

KAMPA POCKET

Das erste Programm:
Bücher von Frauen über Frauen,
mit Coverillustrationen von Frauen

»Es wäre jammerschade, wenn Frauen schreiben würden wie
Männer oder leben würden wie Männer oder wie Männer
aussehen würden, denn wenn angesichts der Weite und Vielfalt
der Welt zwei Geschlechter schon ziemlich unzureichend sind,
wie sollten wir dann mit nur einem auskommen?«
Virginia Woolf

Olga Tokarczuk
Gesang der Fledermäuse
Deutsch von Doreen Daume

Lucia Berlin
Abend im Paradies
Deutsch von Antje Rávik Strubel

Deborah Levy
Heiße Milch
Deutsch von Barbara Schaden

Żanna Słoniowska
Das Licht der Frauen
Deutsch von Olaf Kühl

Astrid Rosenfeld
Kinder des Zufalls

Marijke Schermer
Unwetter
Deutsch von Hanni Ehlers

Kathleen Collins
Nur einmal
Deutsch von Brigitte Jakobeit
und Volker Oldenburg

Virginia Woolf
Ein Zimmer für sich allein
Deutsch von Antje Rávik Strubel